D1832714

# तुम्हें सौंपता हूँ

राधाकृष्ण द्वारा प्रकाशित त्रिलोचन के अन्य काव्य संग्रह

- उस जनपद का कवि हूँ
- अनकहनी भी कुछ कहनी है

# तुम्हें सौंपता हूँ

त्रिलोचन

राधाकृष्ण प्रकाशन

ISBN : 978-81-7119-342-4

**तुम्हें सौंपता हूँ**

© श्रीमती उषा सिंह

**पहला संस्करण :** 1985
**दूसरा संस्करण :** 1997
**पहली आवृत्ति :** 2024

**मूल्य :** ₹495

**प्रकाशक**
राधाकृष्ण प्रकाशन प्राइवेट लिमिटेड
जी-17, जगतपुरी, दिल्ली-110 051
**शाखाएँ :** अशोक राजपथ, साइंस कॉलेज के सामने, पटना-800 006
पहली मंजिल, दरबारी बिल्डिंग, महात्मा गांधी मार्ग, प्रयागराज-211 001
1, अनमोल सोराबजी संतुक लेन, धोबी तलाव, मरीन लाइंस, मुम्बई-400 002
वेबसाइट : www.radhakrishnaprakashan.com
ई-मेल : info@radhakrishnaprakashan.com

**मुद्रक**
राजकमल प्रकाशन प्रा. लि.
नई दिल्ली-110 002

TUMHEN SAUNPTA HUN
*Poems by* Trilochan Shastri

इस पुस्तक के सर्वाधिकार सुरक्षित हैं। प्रकाशक की लिखित अनुमति के बिना इसके किसी भी अंश को, फोटोकापी एवं रिकॉर्डिंग सहित इलेक्ट्रॉनिक अथवा मशीनी, किसी भी माध्यम से, अथवा ज्ञान के संग्रहण एवं पुन:प्रयोग की प्रणाली द्वारा, किसी भी रूप में, पुनरुत्पादित अथवा संचारित-प्रसारित नहीं किया जा सकता।

शिवदान सिंह चौहान को

# प्रस्थान

"तुम्हें सौंपता हूँ" मेरी कविताओं का आठवाँ संकलन है। इसे दिनेश शर्मा ने तैयार किया है। शर्मा की कठिनाइयाँ मैं जानता हूँ। मैंने अपनी कविताओं की कोई फाइल छपने पर नहीं बनाई, जिन पत्रों में कविताएँ छपीं वे बहुधा बंद हो चुके हैं। किसी एक के पास किसी पत्र की पूरी फाइल नहीं मिलती। इस दृष्टि से संकलन का काम उबाऊ और समय खाऊ हो जाता है। दिनेश ने यह काम फिर भी किया। उनके मन में मेरे प्रति प्रेम ही इसका कारण है। प्रकाशित रचनाओं की खोज करके उनका संकलन करना उनका स्वभाव है, रचनाएँ किसी की हों।

दिनेश शर्मा ने संकलित कविताओं को अनुक्रमित और व्यवस्थित करने का कार्य जगत शंखधर को सौंपा। संकलित रचनाएँ 1935 से 1983 के बीच की हैं। इस दीर्घ काज सीमा में रचनाओं के रूपाकार में अनेक प्रकार के परिवर्तन सम्भव हैं। सावधान पाठक स्वयं देख सकते हैं। यहाँ नाम निर्देश करना अथवा उद्धरण देना अनावश्यक है। इतने संकेत से ही समझा जा सकता है कि जगत का कार्य भी कोई सरल नहीं था। अनुक्रम देने में स्वतंत्र कविता को कई बार पढ़ना पड़ता है। यानी यह काम भी कम थकाने वाला नहीं है।

जगत ने इन कविताओं को गम्भीरता से कई बार देखा। अनेक जगह उनके मन में संदेह जगा जिसे उन्होंने प्रश्न चिह्नों के प्रयोग से प्रकट किया। उन्होंने दिनेश को मेरे घर भेजकर मुझे बुलवाया। चाय-वाय के बाद उन्होंने संकलन उठाकर अपने प्रश्नों के उत्तर मुझसे लिए। यह काम तीन चार घण्टे चला। तब जगत का स्वास्थ्य ठीक नहीं था और मेरा भी हाल कोई खास अच्छा नहीं था। संग्रह की कविताओं को जगत को बार-बार पढ़ना पड़ा है। इतनी बार तो मैंने भी न पढ़ा होगा।

कुछ कविताओं को छोड़कर इस संकलन की कविताएँ पत्र-पत्रिकाओं में प्रकाशित हैं। कविताओं का पत्र-पत्रिकाओं का प्रकाशन काल भी दिया गया है। काल-निर्देश रचना के नीचे न देकर सूची में ही कविता शीर्षक के साथ किया गया है। ऐसा करने का कारण यह है कि कविता के पाठकों के मन पर अनावश्यक

बोझ न पड़े ।

इस संकलन में छोटी बड़ी कुल उनासी कविताएँ हैं । अंत में शान्ति पर्व वाली कुछ कविताएँ दूसरे महायुद्ध के प्रभाव को व्यक्त करती हैं । इस पुस्तक में रचना के विषय और स्वभाव की दृष्टि से अन्य कविताओं से काफी अन्तर मिलता है। यह अन्तर ही एक कविता से दूसरी कविता को अलग करता है। और यह अलगाव ही किसी कविता की पहचान बनता है ।

इस संकलन में मेरी कविताएँ अनेक रंगों में मिल जायेंगी अर्थात् यह मेरी रचनाओं का ऐसा प्रतिनिधि संग्रह है जिसमें मेरे पूर्व संकलनों की कोई कविता भरसक नहीं आने पाई है ।

**त्रिलोचन**

मुक्तिबोध सृजन पीठ
सागर विश्वविद्यालय
सागर
दिनांक 18.6.1984

# क्रम

40 **अपरिचित पास आओ** : कालबोध, त्रैमासिक, बीकानेर, जनवरी-मार्च 1983

41 **यह चिंता वह चिंता** : कंक, द्वैमासिक, रतलाम, मार्च 1982

43 **संगीत** : कंक, द्वैमासिक, रतलाम, मार्च 1982

44 **आत्मलोचन** : कंक, द्वैमासिक, रतलाम, मार्च 1982

45 **होड़ाहोड़ी** : साक्षात्कार, त्रैमासिक, भोपाल, सितम्बर, 1977

46 **फेरीवाला** : कंक, द्वैमासिक, रतलाम, मार्च 1982

48 **और क्या होना है** : कंक, द्वैमासिक, रतलाम, मार्च 1982

50 **चारों ओर घोर बाढ़ आयी है** : कंक, द्वैमासिक, रतलाम, मार्च 1982

52 **तुम्हें सौंपता हूँ** : अपरम्परा, साहित्य संकलन, पटना, जून 1959

54 **गाय** : साक्षात्कार, त्रैमासिक, भोपाल, सितम्बर 1977

55 **रामचंद्र दूबे** : साक्षात्कार, त्रैमासिक, भोपाल, सितम्बर 1977

56 **शान्ति यहाँ कितनी है** : कथन, द्वैमासिक, दिल्ली, जनवरी-फरवरी 1982

58 **रहस्य** : आजकल, मासिक, नयी दिल्ली, मई 1953

59 **शिकायत** : जनवाणी, मासिक, बनारस, अगस्त 1950

60 **साहित्य का राग** : कथन, द्वैमासिक, दिल्ली, मई-जून 1981

61 **अवसर की बात** : कथन, द्वैमासिक, दिल्ली, मई-जून 1981

62 **युग दर्पण** : निकष : 2, अर्द्धवार्षिक पत्रिका, इलाहाबाद, 1956

63 **कर्त्तव्यकर्म** : आजकल, मासिक, नयी दिल्ली, सितम्बर 1982

64 **उलझन** : आजकल, मासिक, नयी दिल्ली, सितम्बर 1982

65 **आज मैं तुम्हारा हूँ** : ज्ञानोदय, मासिक, कलकत्ता, दिसम्बर 1956

67 **सृष्टिक्रम** : दैनिक नई दुनिया, इन्दौर, 6 जून 1982

68 **विश्व-बंधुत्व** : दैनिक नई दुनिया, इन्दौर, 6 जून 1982

69 **जरा अच्छा सा दिन हो** : दैनिक नई दुनिया, इन्दौर, 6 जून 1982

70 **शराब और कविता** : कंक, द्वैमासिक, रतलाम, मार्च-1981

71 **बढ़ते चलो** : संचेतना, त्रैमासिक, दिल्ली, जून 1978

72 **स्नेह का आधार** : संचेतना, त्रैमासिक, दिल्ली, जून 1978

73 **परिचय** : अप्रकाशित रचना, रचना काल : 2 नवम्बर 1983

74 **तुम बहुत याद आये** : साप्ताहिक धर्मयुग, बंबई, 8 मार्च 1970

75 **ज्ञान की अग्नि** : साप्ताहिक धर्मयुग, बंबई, 8 मार्च 1970

76 **समुद्र के किनारे** : कथन, द्वैमासिक, दिल्ली, मई-जून 1981

78 **रैन बसेरा** : सर्वनाम, मासिक, दिल्ली, फरवरी 1973

83 **तुमसे : सबसे** : कल्पना, मासिक, हैदराबाद, जुलाई-अगस्त 1962

84 **आधुनिक अभिमन्यु** : काव्यधारा, पुस्तक पत्रिका सं० 19, दिल्ली, 1955
85 **तुम्हें जब मैंने देखा** : कवि भारती, काव्य संकलन, झांसी, 1953
86 **परिचय की गाँठ** : कवि भारती, काव्य संकलन, झांसी, 1953
87 **कर्मपथ** : कल्पना, मासिक, हैदराबाद, जुलाई 1954
88 **याचना** : कल्पना, मासिक, हैदराबाद, जुलाई 1954
89 **मनः रथ** : ओर, त्रैमासिक, भरतपुर, जनवरी 1978
90 **कर्त्तव्य** : ओर, त्रैमासिक, भरतपुर, जनवरी 1978
91 **साथ ही साथ** : ओर, त्रैमासिक, भरतपुर, जनवरी 1978
92 **शांति सबकी** : ओर, त्रैमासिक, भरतपुर, जनवरी 1978
93 **आत्मीय गगन** : आइना, मासिक, मुजफ्फरपुर, 1976
94 **कवि का स्वर** : आइना, मासिक, मुजफ्फरपुर, 1976
95 **अपने स्वर अपने गान** : आइना, मासिक, मुजफ्फरपुर, 1976
96 **प्रेरणा** : अंततः, भोपाल, मार्च 1977
97 **बढ़ाकर देखना** : अंततः, भोपाल, मार्च 1977
98 **मुझे याद मत रखना** : मध्यप्रदेश संदेश, पाक्षिक, भोपाल, 10 सितम्बर-1977
99 **तीन कुंडलियाँ** : संप्रेषण (19-20) जयपुर, 1976
100 **बिना, मिले लौटने की राह में** : लहर, मासिक, अजमेर, सितम्बर, अक्टूबर 1972
106 **जीवन का रस** : धरती, अंक 5-6, इलाहाबाद, 1983
107 **अनुबंध** : धरती, अंक 5-6, इलाहाबाद, 1983
108 **अस्वस्थ होने पर** : तीर्थराम अस्पताल, दिल्ली, रचनाकाल 15 फरवरी 1983

## शान्ति पर्व

वे घर आ रहे हैं तथा अन्य काव्य-रूपक

111 **वे घर आ रहे हैं** : हंस, मासिक, बनारस, जून-जुलाई 1945
118 **फ्रांस** : हंस, मासिक, बनारस, जुलाई-अगस्त 1944
122 **भूखे भेड़िये** : हंस, मासिक, बनारस, अक्टूबर 1945
148 **शैतान और इंसान** : हंस, मासिक, बनारस, दिसम्बर 1945

## अंकुर का वृत्त

दूर, अति दूर, क्षितिज के पार
कनक का रच सुन्दर संसार
हरित अंकुर ले उठा उभार
प्राप्त कर जग का मृदु व्यवहार।
बढ़ा, वह उद्धत हो स्वयमेव
वह पड़ा पाकर कुटिल बयार
धरा के धसके मानस नेत्र
वितरने लगे उसे धिक्कार !

## सुख की बरसात

केवल कही बात !
सूना नभ, ऊना मन; ज्योति-पुंज धँसी
तमसावृत मेदिनी—विच्छेदिनी—हँसी
चू उठी नीरवता, कर साँ-साँ गुरु; फँसी
खिसक चली रात !
नखत चले, जगत मुदित उठा अलस आज
नियति हिली तेज-पुंज—अंकम-भर लाज
विवरण मैं चली, अंक भरे तिमिर—साज
होठों छवि हँसी प्रात !
बरस पड़ा नयनों से उषा-रंग लाल
साथ ही घनश्याम-प्रभ कसक कर निहाल
आई प्रिय-छवि उर, थे आनत अति भाल
अनुनयमय गात !
क्षोभ क्या ? अशोभन है, निरा कुटिल कार्य
हृदयोदधि-अवगाहन-वाहन अवधार्य
निराकृति चुम्बन पर आकृति व्यवहार्य
यह सुख की बरसात !
स्रस्त नखत-हारावलि अलकावलि-जाल,
विमनस्कता की कथा व्यथा थी विशाल
अरुण-तरुण-वरुण स्वर नाचे दे ताल
मगन मनोस्नात !
केवल कही बात !

## संशय

नयन की रसधार
सुरभि के संस्पर्श में
कहती पुकार पुकार—
मैं नदी, तुम कूल-तरु
निर्मूल दूर—विचार
भेद नव होना असम्भव
जब तुम्हीं आधार
कर लो धार का उद्धार।

## प्यास

कैसी नित नई यह प्यास
हो गया प्रति-कंठ में
जिसका कि अब आवास
तृषित छूटे हैं उसी की ओर
यति कहाँ—समझें कि यह निशि-भोर
चाहते भर हैं कृपा की कोर
उठ रहा प्रति-रोम से गति-रोर—
जग भर का यही अभ्यास !

## निर्झर

अविरल झर रहा निर्झर
पर पसीजी ना शिला
यह मिला जीवन शेष !
निज पल गिन रहा हँस-रो ।
'नहीं' या 'हाँ' सदैव अशेष !!
तरु-दल बोलता मर् मर् ।

## कोइलिया न बोली

मँजर गये आम
कोइलिया न बोली

बाटों के अपने
हाथ उठाए
धरती
वसन्त-सखी को बुलाए
पड़े हैं सब काम
कोइलिया न बोली

पाकर नीम ने
पात गिराए
बात अपत की
हवा फैलाए
कहाँ गए श्याम
कोइलिया न बोली।

## क्या कभी एकता आएगी

कहाँ हूँ
यहाँ हूँ
वहाँ हूँ

रात भी
बात भी
बीत ही
जायगी
फिर कभी
आयगी
जहाँ हूँ

आदमी
आदमी
हैं सभी
क्या कभी
एकता
आयगी
क्या कभी
जहाँ हूँ

## फेरू

फेरू अमरेथू रहता है
वह कहार है

काकवर्ण है
सृष्टि वृक्ष का
एक पर्ण है

मन का मौजी
और निरंकुश
राग-रंग में ही रहता है।

उसकी सारी आकांक्षाएं-अभिलाषाएं
बहिर्मुखी हैं
इसलिए तो
कुछ दिन बीते
अपनी ही ठकुराइन को ले
वह कलकत्ते चला गया था
जब से लौटा है
उदास ही अब रहता है।

ठकुराइन तो बरस बिताकर
वापस आई
कहा उन्होंने मैंने काशीवास किया है
काशी बड़ी भली नगरी है
वहाँ पवित्र लोग रहते हैं

फेरू भी सुनता रहता है।

## उपालम्भ

मानव, तेरी अब तक मिटी न प्यास रक्त की !
धरती, जिसपर पहले खेला,
उसकी तूने की अवहेला
जो जीवन की हरित ध्वजाएं
फहराती क्रमश: आगे ला
उसपर अविरत रुधिर बहाकर
लाया पास प्रलय की बेला
स्वघ्नी, तूने सृष्टि-कल्पना की अशक्त की !
रण-गर्जन से वधिर गगन है
कम्पमान पृथ्वी का तन है
तेरा यह उल्लास विजय का,
महाप्रलय का आवाहन है
ओह दूध पर पलने वाले,
नहीं प्रकृति तेरा दंशन हैं
ओ सभ्यताभिमानी क्या कृति अभिव्यक्त की !
तेरे अन्तःप्राण गुनेंगे
वह स्वर या परिताप चुनेंगे
जो अब तक गूँजे अरण्य में
जो जीवन परिधान बुनेंगे
बुद्ध, निगंठ तथा ईसा के
गान्धी के स्वर - सार सुनेंगे
प्रथा मिटायेगा अशक्त की औ सशक्त की !

## ऐसा क्यों होता है

ऐसा क्यों होता है, क्यों जी घबराता है
कभी कभी, घबराना क्यों, जो होने को है
वह होगा, वह कुछ भी चिन्ता सोने को है
जाने कहाँ—कहीं सोए—उससे नाता है
मेरा कब का—जैसा मुझे याद आता है
परिचय उसने नया दिया है—ढोने को है
जैसे भी हो—आपा ही अब खोने को है
दौड़ धूप में— मन भी छाँव नहीं पाता है
मन—यह मन—छाँव के लिए व्याकुल भी क्यों हो—
धूप, ओस, वर्षा से क्या कोई बचता है
किसी तरह भी अपनी व्यथा अतुल भी क्यों हो
अहम् वहाँ भी अपना नया रूप रचता है
काली छाया में उरेहकर—सजग दृष्टि ही
जिसे देख कर दिखलाती है सकल सृष्टि ही

## गीत

बाधाओं की भीड़ देख कर
आधे पथ से फिरना कैसा ?

कर उर में संकल्प अनोखा,
भूल सकल संसृति का धोखा,
गिरे हुए मन को सँभाल कर,
फिर गिरने से डरना कैसा ?

धूप-छाँह होता जाता ही,
रुदन-गान ऐसे आता ही,
अतः विकल्पों से ऊँचा हो,
नयन-नीर में तिरना कैसा ?

संकट थाह लगाने वाले,
प्रबल प्रवाह दिखाने आते,
जो कुछ है मन की छाया है
तब छाया से डरना कैसा ?

'जीवन जाय'—यही संभव है
जो कुछ अभी अशेष विभव है,
जाने दो जब मरण सदय है,
कायर का-सा मरना कैसा ?

यदि दुख ही साथी रह जाये,
ऐसा उत्तम अवसर आये,
तब तो यह भी बड़ी बात है,
इधर-उधर फिर करना कैसा ?

पर यह कथन बहुत सच्चा है,
इसका अंश न कुछ कच्चा है,
'दिन न एक रस सदा मिलेंगे'
—संशय मन में भरना कैसा ?

'अपने जन हैं'—जिनकी रट है
तो यह भी स्थिति भूरि विकट है
नाते सब हैं इस मिट्टी के
उसको छोड़ सिहरना कैसा ?

## अगर चाँद मर जाता

अगर चाँद मर जाता
झर जाते तारे सब
क्या करते कविगण तब ?

खोजते सौन्दर्य नया ?
देखते क्या दुनिया को ?
रहते क्या, रहते हैं
जैसे मनुष्य सब ?
क्या करते कविगण तब ?

प्रेमियों का नया मान
उनका तन-मन होता
अथवा टकराते रहते वे सदा
चाँद से, तारों से, चातक से, चकोर से
कमल से, सागर से, सरिता से
सबसे
क्या करते कविगण तब ?

आँसुओं में बूड़-बूड़
साँसों में उड़-उड़कर

मनमानी कर-धर के
क्या करते कविगण तब
अगर चाँद मर जाता
झर जाते तारे सब
क्या करते कविगण तब ?

## मूलमंत्र

आँधियाँ उठो हैं दीप ले के क्या करेगा तू

बड़े-बड़े वृक्ष जड़ से उखड़ जाएँगे
कच्चे पक्के फूल फल सब झड़ जाएँगे
स्थिर कुछ नहीं, साथ किसका धरेगा तू

यह चीज वह चीज क्यों बटोर रहा है
संग्रह का यहाँ वहाँ बड़ा शोर रहा है
संग्रह के लिए धन किससे हरेगा तू

तुझे कल की पड़ी है उन्हें अभी आज की
उन्हें जान की पड़ी है तुझे साज बाज की
उन्हें अपना ले अपनों से क्यों डरेगा तू

## चरैवेति

उड़ चल, उड़ चल; मेरे पंछी, तेरा दूर बसेरा

दिन उड़ता निज पर फैलाये
बदल रहा जग बिना बताये
दिन के संग चलाचल, पीछे आता घोर अँधेरा

साँस न लेने की वेला है
प्रलय-पर्व का यह मेला है;
फिर, तेरा वह देश, जहाँ पर शेष न साँझ-सवेरा

## तमसो मा ज्योतिर्गमय

मैं चिता का चाहता हूँ अब उजाला

बूंद-जितना तिमिर सागर बन गया है,
बस उसी की लहर में जग फंस गया है;
देखने को नेत्र कुछ पाते नहीं हैं
बस तिमिर है—तिमिर इतना बढ़ गया है
शून्यता ने है अमित अवसाद डाला

देख लूं तम को कि कितना बल मिला है ?
देख लूं बल का उसे क्या फल मिला है ?
ज्योति उसके तारकों में रंच बाक़ी
ज्योति का क्षय कर उसे क्या फल मिला है ?
क्षीण अन्तर्ज्योति, जग की शान्त ज्वाला !

ज्योति जीवन की सदा से सहचरी है,
'वह न होगी'—चिन्तना यह भयकरी है;
कभी बहिरन्तर उभय की एकता में
'ज्योति जीतेगी'—दशा यह सुखकरी है !
पर अभी जीवन जले तब हो उजाला !

## तमिस्र

साँझ आई : छा गई जग में उदासी !

ज्योति कण कण से मिली—
कहती विदाई
विरह-पीड़ा चर-अचर सबमें समाई;
अब उजाला हीन : जैसे फूल बासी !

उड़ चले खग व्योम पथ से—
नीड़ पाया
राह-भर कहते अँधेरा पास आया;
घिर चली अब दृष्टि परिचय की निवासी !

ओढ़ तारा - चूनरी को—
रात आई
मिल रही है साँझ से कहकर अवाई;
पार पाये हम न : यह तम विजय-हासी !

## मानव से

नर रे !

तम में द्युति में आया। बस कर
बीता, जीता सुधि-साहस कर
स्वर पर निर्भर; स्वर-जीव अपर
जग देख रहा तुझको आया,
भर मुखर तृषा की लहर अधर रे !

जीवन की बाधाएं तरते
अपने अधिकारों पर मरते
सबने परखा जय-तप करते
भरते धृति जागे भव-निधि में
पहुँचे पहले उस पार उतर रे !

प्रतिघात अशेष हुआ सारा
तुमने बदली अपनी धारा
दिखलाया रंग नया न्यारा
निज लाल रुधिर से सींच चले भू
कह. जग-जीवन अमर समर रे !

## युग की पुकार

तुम्हें पुकार रहा है कोई

अभी तुम्हारी शक्ति शेष है
अभी तुम्हारी साँस शेष है
मत अलसाओ, मत चुप बैठो
तुम्हें पुकार रहा है कोई

अभी रक्त रग-रग में चलता
अभी ज्ञान का परिचय मिलता
अभी न मरण-प्रिया निर्बलता
मत अलसाओ, मत चुप बैठो
तुम्हें पुकार रहा है कोई

## सूरज से मैंने कहा

'हमसफर,
सूरज से मैंने कहा
पृथ्वी ने ज्यों ही दिखाया मुझे

और भी हैं,
हमसफर
तुम्हारे, इस ग्रह पर
और आकाश की
तुम्हारी परिक्रमा में
और कई ग्रह हैं
और सहयात्रियों की
विस्तृत आकाश में
कुछ गणना हुई है
कुछ होती जा रही है
जैसे-जैसे बुद्धि
और आँख काम करती है;
मैं तो यहाँ
जीवन-अजीवन के बीच हूँ
जीवन में गति है
अजीवन में भी है वही

यही गति, आज
एक नया दिन लाई है
ऐसा दिन
जैसा कोई और दिन
नहीं होता
वर्ष का पहला दिन
अब उत्तरायण है
फिरती है शीतलहरी
काँपते हैं पेड़-पौधे
प्राणी अपनी यति में
नये-नये अंकुर सुगबुगाते हैं
पत्ते पुराने पियरा चले,
वैसी ही कथा है
जैसी कुछ पहले थी
केवल संवेग अलग-अलग
अपना अपना है।

मेरी तरह
सभी कहाँ तुम को बुलाते हैं
सब अपने अपने में मगन हैं
मेरी सुनो,
और भी तुम्हारे हमसफर
देश-देश में तलाश कर रहे हैं
अपने आपे की
तुम सब का साथ दो।'

## ललक

(कालिदास से साभार)

हाथ मैंने
उँचाए हैं
उन फलों के लिए
जिनको
बड़े हाथों की प्रतीक्षा है।

फलों को
मैं देखता हूँ
जानता हूँ
चीन्हता हूँ
और
उनके लिए
मुझमें ललक भी है।

हाथ मैंने
उँचाए हैं
उन फलों के लिए
जिनको
बड़े हाथों की प्रतीक्षा है
डर नहीं है
हंसा जाऊँगा !

## फूल मुझे ला दे बेले के

माली के छोकरे, माली के छोकरे
फूल मुझे ला दे बेले के

बेले की कलियों के गजरे बनाऊँगी
पाँच-पाँच लड़ियों के गजरे बनाऊँगी
हाथों में कंगन गले बीच हार
बालों में होगी लहरिया बहार
पूनम शरद् की रात आज आई है
फूल मुझे ला दे बेले के

चली गईं मेरी सखियाँ सहेलियाँ
फूलों से भर-भर आई हैं बेलियाँ
छूटे घरौंदे छूटा गुड़ियों से प्यार
छूट गये खेल खिलौने अपार
पूजा की साध आज मेरे मन जागी है
फूल मुझे ला दे बेले के

देख, लोढ़ लाना न कहीं निरी कलियाँ
खुल-खुल पड़ने को हों ऐसी कलियाँ
जाकर देखना लेना उतार
हौले-हौले हाथों से लेना उतार
कह देना, ऊर्मि तुम्हें न्यौता दे आई है
फूल मुझे ला दे बेले के

## अब तो आ जा

कल मैं टहलने को निकला था सायंकाल
एक गीत कहता था
प्यारे अब तो आ जा

केवल सम्बोधन
थोड़ी अपनी दुख-गाथा
अता पता कोई नहीं

गीत टहल रहा था
वह किसी नारी का प्रतिनिधि था
अक्सर वह लोगों के पैरों से लगता था
अधरों पर खिलता था
प्यारी को देखे बिना सभी भाव मुग्ध थे

कहते हैं : कुत्ता सुनकर
हमको वह कुत्ता अक्सर याद आता है
जिसे बार-बार हमने
बचपन में देखा है

गीत घूम रहा था
बाल वृद्ध वनिता सबके बीच
कोई संकोच नहीं
यानि वाक्यैस्तु न ब्रूयात् तानि गीतैरुदाहरेत्

## तलाशी

कैसे, कैसे प्यार तुम्हारा इतना छोटा
हो आया, पहले पाया आकाश यही है
फिर समझा आकाश नहीं यह तो धरती है
फिर देखा यह अपना घर है जिसमें टोटा
ही टोटा है, काम चला कर कितना खोटा
लगता है, हिसाब तो लेने वाला जी है
खालीपन का दर्द हो गया मन का मोटा।

तुम को भी केवल घर के अन्दर पाता हूँ
बाहर जाता हूँ तो मन के भीतर रखकर
चिन्ताएँ ही चिन्ताएँ घेरे रहती हैं
आज विराट् और वामन पर जब जाता हूँ
कहीं सिकुड़ जाता हूँ वहाँ असत्ता लखकर
और हमारी साँसें अर्थ नहीं कहती हैं।

## अपरिचित पास आओ

खुले तुम्हारे लिए हृदय के द्वार
अपरिचित पास आओ

आँखों में सशंक जिज्ञासा
मुक्ति कहाँ, है अभी कुहासा
जहाँ खड़े हैं पाँव जड़े हैं
स्तम्भ शेष भय की परिभाषा
हिलो मिलो फिर एक डाल के
खिलो फूल-से, मत अलगाओ।

सबमें अपनेपन की माया
अपनेपन में जीवन आया
चंचल पवन प्राणमय बन्धन
व्योम सभी के ऊपर छाया
एक चाँदनी का मधु लेकर
एक उषा में जगो जगाओ

झिझक छोड़ दो, जाल तोड़ दो
तज मन का जंजाल, जोड़ दो
मन से मन जीवन से जीवन
कच्चे कल्पित पात्र फोड़ दो
साँस-साँस से लहर-लहर से
और पास आओ लहराओ

## यह चिन्ता वह चिन्ता

सपने ही हैं यह जो मुझको भरमाते हैं
चक्कर पर चक्कर
यह चिन्ता वह चिन्ता
इतिहास यही जीवन का
मोहन,
इस जीवन के हाथों हम मर गए
किसने यह कहा था :
हम तो इस जीने के हाथों मर चले
उसमें कुछ बाकी था

कल मैंने आसमान से कहा :
आसमान
तू सब कुछ देखता है
तुझे मालूम है
मुझे वह जगह बता
जहाँ मैं चला जाऊँ
चिन्ताओं से बचूं

मैंने हहास सुना आसमान का
मेघों की भाषा में जाने क्या बोला किया आसमान

आखिर को बोला
भई,
जीवन का रोना ही यही है
मुझसे क्या पूछते हो
अपने जी से पूछो
अपने आगे देखो

नए विश्व को रचना हमको ही करनी है
इस पुराने विश्व के पुराने पाप
जीवन के पुण्य खाए जा रहे हैं
जीवन का त्रास हटे ऐसी जुगत करनी है
फिर अपने भारत की खोज में
अपना बेड़ा लेकर पहुँचेंगे किसी जगह नए लोग
कोलम्बस वही है।

## संगीत

कजरी
रात भर रोती रही

चाँद
ढिबरी के गाढ़े धुएँ जैसे
बादलों में था।
प्रवाह
बादलों का आज खर था
चाँद लुकाछिपी खेलता सा
लगा
हवा
ठण्डी-ठण्डी देह-मन को जुड़ाती हुई
आती
जाती
सारे गान
घेरते थे पिया को तरंगों में
लगा के ध्यान
ढोलक मजीरे झाँझ करताल बजते
नाच भाँति-भाँति से
अकेले
और सामूहिक
नाचतीं किशोरियाँ विवाहिताएँ प्रौढ़ाएँ
उमंग में।

## आत्मालोचन

शब्द,
मालूम है,
व्यर्थ नहीं जाते हैं

पहले मैं सोचता था
उत्तर यदि नहीं मिले
तो फिर क्या लिखा जाए
किन्तु मेरे अन्तरनिवासी ने मुझसे कहा—
लिखा कर
तेरा आत्म-विश्लेषण क्या जाने कभी तुझे
एक साथ सत्य शिव सुन्दर को दिखा जाए

अब मैं लिखा करता हूँ
अपने अन्तर की अनुभूति बिना रँगे चुने
कागज पर बस उतार देता हूँ।

## होड़ाहोड़ी

कब तक जीवन में समाज के होड़ाहोड़ी
चला करेगी, और राष्ट्र भी उसी बाट से
चला करेंगे; रोज नए से नए ठाट से
छीनाछपटी कहीं करेगी तोड़ातोड़ी,
फिर अपने दल-बल के हित में जोड़ाजोड़ी
किया करेगी. मानवता क्या इसी घाट से
पानी लिया करेगी, इसको किसी काट से
ऐसा करना है कि न चाही मोड़ामोड़ी

कहीं दिखाई न दे, पेट की आग न दुख दे
कहीं किसी को. शान्ति सभी की हो, शासन की
शान्ति शान्ति की विडम्बना है और व्यवस्था
कहीं अव्यवस्था भी है, जो सबको सुख दे
वह आचरण और भाषा हो. सन्त्रासन की
रीति मिटे, अपनाव ही बने नई अवस्था.

## फेरी वाला

सपने लो सपने लो
मीठे मीठे सपने
अच्छे अच्छे सपने
अपने मन के सपने
सपने लो

सपनों से ही मेरी झोली भरी हुई है—
घर के बाहर के
पास के पड़ोस के
देस के बिदेस के
भूखे ग्रहलोक के
नदी के समुद्र के
जहाज के विमान के
पर्वत के बादल के
मुक्ति के विधान के
—सपने लो, मन चीते सपने लो

जिसका विश्वास टूट गया हो
साथ और कोई न हो
वह मेरे सपने ले

जिसका बल, अवसर पर, धोखा दे जाता हो
वह मेरे सपने ले
जिसको कुछ करने की, भलीभाँति जीने की, इच्छा हो
वह मेरे सपने ले
जिसको इच्छा मरण पसन्द हो चला आए
वह मेरे सपने ले

गाँव-गाँव नगर-नगर गली-गली डगर
मैं पुकार रहा हूँ : सपने लो सपने लो
नए-नए सपने लो, अच्छे-अच्छे सपने लो
सपने लो।

## और क्या होना है

उस दिन जब मैंने तुम्हें देखा था
सोचा था इसी तरह आगे भी
रोज नहीं कभी-कभी अगर तुम्हें देख पाता

राहें इस दुनिया की
किसे नहीं भटकातीं
तुम्हें रोज देखा किया
आना ही पड़ता था तुमको भी
जाने क्यों

अब सोचा
अगर कभी किसी तरह
कुछ बातें हो पातीं
पर यह कब संभव था
अनहोनी बात थी

लेकिन
अनहोनी भी होनी बन जाती है कभी-कभी
सोती रात तुमने मुझे आगे आकर रोका
बचाओ—बचाओ मुझे

वह काली रात
आँसू भय-से थोड़े से शब्द काँपते से तन के साथ
लगता था झञ्झा ने अभी किसी पेड़ को हिलाया झकझोरा है

मैंने दिलासा दिया और कहा
आओ चुपचाप मेरे साथ
कुछ बोलो मत
नहीं तो तुम्हारे शब्द सबको जगा देंगे
अन्धकार अच्छा है
आओ

साँसों की सिसकी बढ़ते पैरों की आहट
बादल, बिजली, झञ्झा
मन पूछ रहा था : आखिर यह सब क्या है
और क्या होना है

## चारों ओर घोर बाढ़ आई है

पृथ्वी गल गई है
पेड़ों की पकड़ ढीली हो गई है
आज ककरिहवा आम सो गया
सुगौवा को देखो तो
शाखा का सहारा मिला गिरकर भी बच गया

पानी ही पानी है
खेतों की मेंड़ों पर दूब लहराती है
मेंढक टरटों टरटों करते हैं
उनका स्वरयंत्र फूल आया है
बगले आ बैठे हैं जहाँ तहाँ
मछलियाँ चढ़ी हैं खूब

बौछारें खा-खाकर
दीवारें सील गईं
इनमें अब रहते भय लगता है
दक्खिन के टोले में
रामनाथ का मकान
बैठ गया
यह तो कहो पसु परानी बच गए
अब कल क्या खाएँगे

सुनते हैं, उत्तर की ओर, रामपुर में
पानी पैठ गया है
लोग ऊंची जगहों में जा-जाकर ठहरे हैं
कुछ पेड़ों पर चढ़े
इधर-उधर देखते हैं
वर्षा का तार अभी नहीं थमा
यह कैसा दुर्दिन है।

## तुम्हें सौंपता हूँ

फूल मेरे जीवन में आ रहे हैं

सौरभ से दसों दिशाएँ
भरी हुई हैं
मेरा जी विह्वल है
मैं किससे क्या कहूँ

आओ,
अच्छे आये समीर,
जरा ठहरो
फूल जो पसन्द हों, उतार लो
शाखाएँ, टहनियाँ,
हिलाओ, झकझोरो,
जिन्हें गिरना हो गिर जायँ
जायँ जायँ

पत्र-पुष्प जितने भी चाहो
अभी ले जाओ
जिसे चाहो, उसे दो

लो
जो भी चाहो लो

एक अनुरोध मेरा मान लो
सुरभि हमारी यह
हमें बड़ी प्यारी है
इसको सँभालकर जहाँ जाना
ले जाना
इसे
तुम्हें सौंपता हूँ

## गाय

गाय जुगाली करती हो चाहे खड़ो खड़ी
या लेटी अधलेटी अपने खूँटे पर हो
या चरने के लिये खुली होकर बाहर हो
खोज खोज कर घास चर रही हो जरा वड़ी
चकत्तियाँ पाकर थोड़ी सी देर को अड़ी
हो, आगे ही बढ़ते चारों पैर, चँवर हो
पूँछ डाँस, कुकुरौछी, माछी इधर उधर हो
तो, कौवा भी आता है उड़कर इसी घड़ो

पूँछ चलाती है गैया तो उसे बचाकर,
वह शरीर से चिपके कीड़े चुन लेता है
खा जाता है और मैल भी आँख-कान के
हर लेता है गैया के कितना सँभाल कर.
यह सम्बन्ध मुझे चुपके से जो देता है
वह सँभाल लेता हूँ मन में, निजी मान के.

## रामचंद्र दूबे

रामचन्द्र दूबे पैंसठ से कुछ ऊपर ही
होंगे, गोरा रंग, सफ़ेदी सिर पर मुँह पर
बाल रखा लेने से छाई, माथा भर कर
सल दिखती थी. रूप सुन्दरों में सुन्दर ही

मिला हुआ था. छाती और हाथ के रोएँ
भी सफ़ेद थे, नख भी उनके बढ़े हुए थे.
पण्डिताव करते थे, थोड़ा पढ़े हुए थे,
ब्याज कमाते थे ऋण देकर, धन क्यों खोएँ.

किसी बड़े को बड़ा ऋण दिया, ब्याज न आया,
फेरे करते रहे, पाँव उनके खिया गए.
प्राप्ति नहीं दीखी तो ब्राह्मण-भाव आ गए,
न्याय देवता करें इसलिए बाल रखाया.

पाँच साल पर ऋणी गया, कर दी भरपाई,
दूबे ने भी देव-दया से जटा कटाई.

## शांति यहाँ कितनी है

जब कोई
थोड़े से
लोगों से घिर जाता है
तब वह कोई हो
घेरने वालों को
देश या दुनिया समझ जाता है

जाहिर है
ऐसे में
देश या दु·नया का
कोई रूप सामने नहीं होता
और
इन घेरने वालों का
अपना हित
घिरी हुई आँखों में
सबका हित लगता है

सबका हित
जिसको जबान कहती है
जिसको अखबार सभी

छापते हैं
पक्षधर
इधर-उधर जमकर
सराहते हैं
शब्दों का खेल
बड़ा मनोरंजक होता है

देखता हूँ
बेरोजगारों को
असहाय हाथ बगल में दबाये
पाँव-पाँव चलते
और चुप-चाप
कहीं पड़ जाते

शांति यहाँ कितनी है
अशांतियों को शांति से छिपाते हैं
शांति में शक्ति है
देश आगे बढ़ रहा है
और लोग कैसे हैं
पीछे पड़ रहे हैं

## रहस्य

अचरज है मुझको कि त्रिलोचन कैसे इतना
अच्छा लिखने लगा. धरातल उसके स्वर का
तिब्बत के पठार सा ऊँचा अब है. जितना
ही गुनता हूँ इस पर, कुछ रहस्य अन्दर का
मुझे भासने लगता है. यह उसके बस का
काम नहीं है. होगा कोई और खिलाड़ी
जिसका यह सब खेल है मुझे तो अब चस्का
लगा रहस्योद्घाटन का है खूब अगाड़ी
और पिछाड़ी देखभाल कर बात कहूँगा
मैंने तो रहस्य अब तक कितनों के खोले
हैं न इस नई धारा में निरुपाय बहूँगा
मेरे आगे बड़ों बड़ों के धीरज डोले
एक फिसड्डी आकर अपनी धाक जमाये
देख नहीं सकता हूँ मैं यों ही मुँह बाये.

## शिकायत

कभी हंस से प्यार तुम्हें था; किन्तु बात वह
बदल गई है अब तो; बदला हृदय तुम्हारा
इधर बहुत कुछ कहना चाहूँ तो भी मैं कह
नहीं सकूँगा। अब तक मैंने बहुत उबारा
अपने को, पर अब तो सम्भव नहीं दीखता
और उबरना, हृदय हमारा नहीं मानता
आज मनाये; औरों से भी नहीं सीखता
दुनिया का व्यवहार; खेद, मैं नहीं जानता
अधिक शिष्टता। इधर गधों को तुमने वाहन
बना लिया है। उपयोगितावाद की जय हो।
अब चिन्ता की बात कौन ? यह है निर्वाहन,
स्वयं चढ़ो,साहित्य लाद लो यथा समय हो।
दुनिया ही जब बदल गयी है तब क्या कहना।
जीवन का है अर्थ सदैव बदलते रहना।

## साहित्य का राग

गीत प्रेम का गाते हैं रसिकेश हमारे
साँझ-सवेरे, और दूसरा व्यसन नहीं है
भला करें क्या, बेचारे दुनिया से हारे
जहाँ प्रेम को या प्रेमी की कदर नहीं है
वह दिल्ली है दूर, आज वह बात नहीं है;
नल-दमयंती; लैला-मजनू आज कहानी
हैं, सुनिए, उनका कोई अस्तित्व नहीं है,
इसका उनको खेद बहुत है, क्यों मनमानी
की ईश्वर ने उनसे, लाकर इस अनजानी
और अपरिचित दुनिया में पटका, क्या पाया
इससे, इससे तो केवल उसकी नादानी
व्यक्त हुई है, धूल-कीच में उन्हें लुटाया,

लोकोत्तर साहित्य रासपंचाध्यायी है,
जो अश्लील उसे कहता है, अन्यायी है।

## अवसर की बात

अपनी कहता हूँ, मुझको तो बात दूसरों
की कहने का कानूनन अधिकार नहीं है,
लोकतन्त्र का युग है अब तो, इधर ऊसरों
पर सुखदायी शीतल धारासार नहीं है,
उधर राजलक्ष्मी न ताकती विभव नहीं है,
जिधर। न पूछो, अजी बड़ों की बात बड़ी है,
लाख लीख हो जाये तो निस्तार नहीं हैं,
फूल धूल से रच देने की शर्त कड़ी है,
लोग समझते नहीं—सवारी कहाँ अड़ी है,
बड़े बड़े मसले हैं, यह करना, वह करना,
सुप्त समुद्री चट्टानों से नाव लड़ी है—
गाँधी-टोपी, राजकाज को सिर पर धरना
सरल नहीं है। सुनता हूँ—कहता हूँ हँसकर
बहकी बातें करो दूसरों को बहका कर!

## युग दर्पण

बन्धु प्रशंसा की है मैंने सदा गधे की
कितना सहनशील होता है, लाज नधे की
ढोता है, हिलमिलकर साथ-साथ चरता है
कितना सामाजिक है, यह है चाल सधे की

सिंह जंगली होता है, उससे डरता है
सारा जग, दुनिया का कौन भला करता है ?
फिर इसका क्यों गुण गायें ? क्यों बड़ा बतायें ?
पोस मानता नहीं अकड़ लेकर मरता है

और गधा यह मारें पीटें और सतायें
जितना जी चाहे, मनचाही घात घतायें
क्या जाने विरोध, कहते हैं इसे शिष्टता
जैसा जी चाहे जीवन के सूत कतायें

मानव की सन्तति में केवल बची धृष्टता
उत्कृष्टता गयी, आयी है अब निकृष्टता ।

## कर्तव्य कर्म

समझा व्यर्थ आदमी ने मकड़ी का जाला
पर मकड़ी के लिए वही जीवनाधार है,
रक्षा और संभरण सबका समाहार है।
इसी एक रचना में जिसको लगकर ढाला
मकड़ी ने, आयी विपदाओं को भी टाला
और यहीं तो मकड़े का अंतिम विहार है,
प्रजनन करना हो मकड़ी का मरण द्वार है,
जीवन जो पाया जी जी कर उसको पाला।
जहाँ कहीं संचार-विघ्न कम से कम पाया
मकड़ी ने, यह विरल दुर्ग अपने जाले का
टाँक दिया, चिंता कब की आहार के लिए,
वह तो अपने आप मिला करता है, आया
जैसे लपक लिया, गर्मी का बसकाले का
जाड़े का इतवृत्त रहा संसार के लिए।

## उलझन

मैंने जब देखा अब इन हाथों से अपने
मैं भी कुछ कर सकता हूँ फौरन अपनाया
सफ़ल जनों का ढंग, सुखी का सुख अपनाया
फिर भी न तो फल मिला न सुख, साँस के तप ने
मुझे तपा डाला । मेरा फर्मा ही छपने
में मुड़ गया; भँजाई में उसको अलगाया
जिल्दसाज ने और काम अपना सलटाया
जल्दी-जल्दी, नहीं दिया पुस्तक में खपने ।
और क्या करूँ, हाथों को देखा करता हूँ
अपने जब तब मन अकसर सोचा करता है,
कर-कराव में कहाँ कौन सी कसर रह गयी
ये खाली हैं । मैं ठंडी साँसें भरता हूँ
हूँ हूँ केवल सुनता हूँ, साहस डरता है,
मुझसे एकाकी हूँ हूँ यह कथा कह गयी ।

## आज मैं तुम्हारा हूँ

कल मेरे प्राणों में कोई रो रहा था। बाहर सब शांत था। भीतर भीतर भारी व्यथा भर गयी थी। जी बड़ा उदास था। कौन सी हवा थी वह जो अपनी लहरों से घेर घेर कर मुझको बाँध गयी।

किसका दुख यह मेरे मन में आकर ठहरा। किसने गुमनाम पत्र यह अपना भेजा है। मैंने जो पाया है उसको कैसे अपने अन्दर के कोने में मौन पड़ा रहने दूँ ? अगर किसी राही को काँटा गड़ जाता है तो क्या वह काँटे को लिये दिये उसी तरह चलता है ? मैं इसका क्या करूँ ?

मैं बिल्कुल स्वस्थ हूँ। तन मन में मेरे कोई कम्पन नहीं है और कल के उस क्षण तक मैं बहुत प्रसन्न था। अब जी को चैन नहीं। आखिर किसने अपना प्राण भरा अवसाद मेरे मन के मन में भर दिया ?

किसी की प्रतीक्षा मुझे नहीं थी। अपना कोई अभाव मुझ पर नहीं हावी था। मैं था निश्चिन्त; कहूँ चिन्ता की चिन्ता से बिलकुल अनजान था। लेकिन अनजाना अवसाद किसी का उड़ कर मेरे उर की कोमल टहनी पर आ बैठा।

दुनिया के किसी छोर पर रहने वाले ओ जीवधारी, तुम कुछ हो, कोई हो, कोई भी प्राणी हो, स्थलचर, जलचर, नभचर कोई भी—अपनी अनजानी संवेदनाएँ भेजकर तुमने उपकार किया। मैं इन आवर्तों में बँधा हुआ आज कहाँ अपना हूँ, अपने लोगों का हूँ, अपनी दुनिया का हूँ ! आज मैं तुम्हारा हूँ। बिलकुल तुम्हारा हूँ, केवल तुम्हारा हूँ, कहीं रहो, कोई हो।

## सृष्टि क्रम

पृथ्वी की गति-धारा में वर्षों की गिनती
क्या हैं और वर्ष जो आते हैं जाते हैं
मानव का हिसाब चलता है, कोई विनती
हेरफेर कर पाती नहीं—यही पाते हैं।

पाँच अरब वर्षों से पृथ्वी घूम रही है
अहोरात्र, जीवन जब से सत्ता में आया
तब से अब तक प्रवहमान है, झूम रही है
प्राणों की सार्थकता जिसे जगत ने पाया।

मानव है ही कितने दिन का, इतिहासों के
पन्ने गिने गिनाये हैं पर उसकी करनी
दुनिया को ही ले डूबेगी संत्रासों के
अन्त नहीं है, अपनी करनी पार उतरनी।

कुछ हाथों से सार-संभाल नहीं होने को
बढ़ी कालिमा धाक न मानेगी धोने की।

## विश्व बन्धुत्व

हम अपना एकांत भी बचा नहीं सकेंगे
अलग-अलग पहचान सभी देशों की अपनी
अगर नहीं है, कौन हमारे साथ रहेंगे
और रखेंगे कौन विरोध-नीति ही अपनी।

दुनिया का विस्तार आज विस्तार नहीं है
कुछ घण्टों की बात कहीं कोई जा पहुँचे,
उपग्रहों की चाल कहीं दुस्तार नहीं है
मन में एक उभार और कोई आ पहुँचे।

हम हो जायँ तटस्थ, हमारी यह तटस्थता
औरों की मुहताज रहेगी, इस पर सबकी
सहमति हो तो अर्थ रहेगा और स्वस्थता
भी होगी सप्राण-मिटीं प्राचीरें कबकी।

अब जीवन के साथ विश्व भर में निबाह है,
जीना भी निर्बाध कठिनतम है, अथाह है।

## जरा अच्छा सा दिन हो

सभी चाहते हैं दिन आएँ, अच्छे आएँ
अच्छा संग मिले अच्छा अच्छा जीवन हो
बाट चलते जो भी पाएँ अच्छा पाएँ
जिसका मोल-मान ठहरे जो सबका धन हो

राह नगर पुर बन पहाड़ से होकर जाए
ठोकर कहीं न लगे जहाँ भी निकले राही
किसी बात का कुछ असंग अपनापा पाये
मुँह न दिखायी दे सबको सहमा सहमा ही

ममता दुर्लभ न हो. कहीं की थोड़ी सी भी
ममता अकुलाये प्राणों का बड़ा सहारा
बन जाती है, दुनिया में इकलाया जी भी
लहरों में टोहा करता है कहीं किनारा

बाट ठीक हो और जरा अच्छा सा दिन हो
तो वर्षों की लम्बाई आँखों को छिन हो

## शराब और कविता

पुष्कर तो शराब पीकर कविता करता है,
उसके सिर सरस्वती आती है। क्या कहिए,
वह धारा प्रवाह उसका; मस्ती से बहिए
गीत-तरंगों में, वह रंगों में भरता है
रंग अनोखे। बिना शराब पिये यदि कोई
कवि होने का दम्भ करे तो उसको छोड़ो
उसके अहंकार का गुब्बारा मत फोड़ो;
पीने से शराब जिसकी उतर गयी लोई,
क्या कर लेगा कोई। उसकी बात हटाओ
नाम त्रिलोचन का लेते हो, यह नादानी
है; पीता है वह लोटे पर लोटे पानी,
कहाँ शराब मयस्सर उसको। नाम घटाओ।
कवि कविता शराब तीनों का पक्का नाता—
तीनों साथ न हों तो काव्य नहीं बन पाता।

## बढ़ते चलो

चलना ही था मुझे—सड़क, पगडंडी, दर्रे
कौन खोजता; पाँव उठाया और चल दिया।
खाना मिला न मिला, बड़ी या छोटी हर्रे
नहीं गाँठ में बाँधी, श्रम पर अधिक बल दिया।
मुझे कहाँ जाना है यह जानता था, मगर
कैसे और किधर से जाना है यह ब्यौरा
अनजाना था। कोई राही निर्भय हो कर
पाँव बढ़ाए, पहुँचेगा ही। मुँह का कौरा
मंजिल कभी नहीं है, घर बैठे आ जाये।
पग पग पृथ्वीमण्डल की प्रदक्षिणा करना
कठिन नहीं है अपनी धुन में पाँव बढ़ाये
कोई चलता जाय, निरर्थक ही है डरना।
वृद्धि अकायमान केवल उसकी होती है,
नहीं चेतना जिसकी पल भर को सोती है।

## स्नेह का आधार

दोस्ती भी मौसमी हुआ करती है, दोस्तों
से यह छिपा नहीं है। भूमि और बादल की
दोस्ती है कुछ और ही। खड़ी खेती पोस्तों
की सुहावनी लगती है, अफीम के फल की
नौसिखिये को क्यों चिन्ता हो। यारो, यारी
छोड़ दो। त्रिलोचन के पास अगर मृगतृष्णा
से दौड़ोगे तो क्या पाओगे। लाचारी
उसकी तुम्हें जकड़ लेगी, दुःखों की कृष्णा
अमावस्या आकर घेरेगी जिससे घिरा
हुआ ही पड़ा रहता है। इससे फिर देखो।
औरों की भी सुनो। समझ लो उसे सिरफिरा
लेगा नहीं तो नहीं देगा। सो, घर देखो।
लोग वहीं जाते हैं जहाँ कहीं कुछ पाते,
जहाँ गाँठ का जाता है फिर वहाँ न जाते।

## परिचय

आदमी हम ऐसे हों
कि जिनके बीच रहते हैं
वे भो हमें आदमी कहें
और यों ही सदा जानते रहें

## तुम बहुत याद आये

इन दिनों तुम बहुत याद आये,
जैसे धुन राग के बाद आये।
जब उमड़ता हो विश्व में आनंद,
क्यों मेरे पास ही विषाद आये।
क्यों न थाती हो वेदना जी की,
बात चलते जहाँ विवाद आये।
कोई बच कर कहाँ छिपाये सिर,
पीछे-पीछे अगर प्रवाद आये।
देख डाला कहीं नहीं है रस,
क्यों जिये कोई कौन स्वाद आये।
कहिए अब क्या करें-काँधा वाले,
जी चुका जो उसे प्रसाद आये।
अपनी गति से सुखी विचरिए आप,
मुझको गुम होने दो प्रमाद आये।

## ज्ञान की अग्नि

यदि किसी दिन ग्रस्तसूर्योदय हुआ,
क्या हुआ इससे नया क्या भय हुआ।
संगमन ही प्राण का दिग्दर्श है,
संवदन में किसलिए संशय हुआ।
जो अभी तक तृप्त थे, शयमान थे,
उठ गये तो संचरण आशय हुआ।
विश्व के अनुपदगतिक से क्या छिपा,
मूलतः निहितार्थधर अन्वय हुआ।
द्यौ पिता है और माता भूमि है,
पुत्र का यह मूलगत संश्रय हुआ।
जायमाना पुनः कल्याणी उषा,
फिर ऋचा से आधुनिक आश्रय हुआ।
अब त्रिलोचन चित्त की चिंता गयी,
दग्ध जब ज्ञानाग्नि द्वारा भय हुआ।

## समुद्र के किनारे

आज हम समुद्र के किनारे हैं

जीवन का ज्वार यहाँ
आता है तो आता है
क्या-क्या साथ लाता है
शंख, सीप, घोंघे
जलचर जीव
और भी बहुत कुछ

जीवन का ज्वार यहाँ
आता है तो आता है
हरियाली और बढ़ आती है
उदासी उड़ जाती है
लजाती हुई वेला
चादर को जरा और खींच लेती

ज्वार
फिर ज्वार
फिर ज्वार
ज्वार ज्वार ज्वार

अट्टहास फेनिल तरंगों का
लगातार
थोड़ी देर बाद
सभी लहरें
एक-एक
वहीं लौट जायेंगी
जहाँ से बढ़ आयी हैं
फिर
भीगी वेला रह जायेगी
समीर यहाँ आयेगा
समुद्र की कहानी कह
आगे बढ़ जायेगा

## रैन बसेरा

परमानन्द 'आनन्द'
रात 12 बजे मिले;
शिवकुमार शुक्ल के बुलाने पर
पुरुषोत्तम पानवाले के यहाँ
मैं कुछ पहले बैठा था;
मेरा मुँह सड़क की ओर था
भीतर पान और कोई बात थी
चार पाँच और लोग
इधर उधर जगह देखभाल कर जमे थे
चर्चा कुछ पहले से
पाकिस्तान-भारत की चली थी
मुझसे भी किसी एक ने स्वर को ऊँचा कर
औरों का स्वर दबाते हुए
उस पर पूछ दिया;
मुझे देखते पाकर
सड़क से परमानन्द खिंच आए
नमस्कार करके कहा
गुरूजी, चलते हैं रात अधिक जा चुकी
बात पूरी करके मैंने शुक्लजी से कहा
शुक्लजी, आज्ञा है

शुक्ल ने संकोच से कहा
आज्ञा और आपको
मैं खड़ा हुआ कि चलूँ
अब परमानन्द को एक नौजवान ने आते ही
शब्दों से पकड़ लिया
दोनों में जान-पहचान थी
उसने परमानन्द से पान का प्रस्ताव किया
परमानन्द ने उसे मेरा परिचय दिया
कहकर यह हम सबके गुरू हैं
उसने मुझे देखा तो मैंने कहा
मैं तो यही जानता हूँ सब मेरे गुरू हैं
आप एक और हुए
परमानन्द बोले उस युवक से
कहीं कोई कमरा दिलवाओ
उसने पूछा किराया मुहल्ला
परमानन्द ने बता दिया
मैंने कहा, युवक को सुनाते हुए,
परमानन्द जी, चरित्र का प्रमाण चाहिए
तब शायद कमरा मिले
दोनों ही चरित्र पर खुलकर हँसे
पान नौजवान ने विनय से दिए
और हम अलग हुए
परमानन्द बोले, मैं आज बहुत थका हूं
और कहीं सो जाना चाहता हूँ
मैंने कहा, आप कहाँ सोते हैं
आजकल बोले कोई ठीक नहीं
पिछले दो चार दिनों से मैं
कैलास पर सो जाया करता हूं
मैंने कहा, कैलास जगह सुनसान है

वहाँ कोई रहता नहीं रात में
वे बोले,
प्रवासीजी कहते थे
तुम वहाँ सोते हो     इससे कुछ लोगों को
बाधा पहुँचती है
तुम्हें मार देने की चर्चा मैंने सुनी है
मैंने कहा, यदि ऐसी बात है
कहीं और सोइए
अब बोले, गुरूजी
मैं किसी का क्या लेता हूँ
कहीं सो रहता हूं
मैंने कहा परमानन्दजी
किसी दिन पुलिस आपको पकड़े
ऐसे में तो मुश्किल पड़ेगी
बोले, मैं तो केवल सोता हूँ
मैंने कहा, मानेगा कौन बात आपकी
पुलिसवाले
या महेशप्रसाद जिला अधिकारी
या कचहरी
समाचार-पत्रों को एक समाचार
मिल जाएगा
चोर पकड़ा गया
कहते हैं वह कवि है
परमानन्द अपनी जँभाई रोकते हुए
खूब हँसे
बोले, गुरूजी,
बहुत थका हूँ
किसी जगह पड़ जाना चाहता हूँ
मैंने पूछा,

आप कहाँ आजकल हैं
बोले, एक जूनियर हाईस्कूल में
प्रिंसिपल
मैंने कहा, और फिर भी
आपको मकान नहीं मिलता
परमानन्द तेजी से
नाली पर जा बैठे
मैंने चाल कम कर दी
देखा आकाश को
अगल बगल
एक बन्द फाटक से लगा हुआ
सिकुड़कर कुत्ता एक
बैठा या टिका था
पेट में छिपाये मुँह
सोचा अब ठंड बढ़ गई है
आ गए परमानन्द
बोले आज
सोचता हूँ, मैं उलाववाली
धर्मशाला में सो रहूँ
उलाववाली धर्मशाला में
पूछा मैंने बिना रुके कहा
अभी चार पाँच दिन पहले की
बात है उलाव कोठी वाला
पिस्तौल लेकर वहाँ जा धमका था
रामविलास थे वहाँ
दाढ़ी वाले सोशलिस्ट
पिस्तौल देख कर
तेजस्वी शब्दों से
काम लिया

आग आगे नहीं बढ़ी
झगड़ा बढ़ते बढ़ते
किसी तरह शान्त हुआ
अब कैसा हाल है
मुझको मालूम नहीं
परमानन्द ने कहा गुरूजी,
द्वार लगा रहता है    ताला नहीं लगता
और कोई प्रायः नहीं रहता
आज खाली मिलने पर वहीं सो जाऊँगा
देखिए    मैंने कहा
बरगद के पेड़ से    एक चिड़िया उड़ गई
दोनों का ध्यान गया    आँखें उठीं उस ओर
पाँव बढ़ा ही किये
धर्मशाला आ गई
परमानन्द ने कहा    गुरुजी, मैं देख लूँ
मैं रुका    धर्मशाला की कुर्सी ऊँची है
परमानन्द ऊपर गए
दरवाजा हाथ से दबाते ही खुल गया
अंदर गए देखा भाला होगा
सिर जरा बाहर निकालकर
परमानन्द ने कहा गुरूजी,
यहाँ कोई नहीं है
अब मैं सो रहूँगा    नमस्कार
अब मैं अपने घर या कमरे को
उन्मुख था
कमरा एक    और रहने वाले तीन
पत्नी, बच्चा और मैं
चौथे की गुंजाइश    यहाँ नहीं
मेरी अनकही चिन्ता
मेरी बिथा बना की

## तुमसे : सबसे

उठने दो उन्हें
जिन्हें सदियों का अहंकार
                              अंधकार
दाबे है                       तुम्हारा : सबका
तुम्हारी ध्वजाएँ
"वसुधैव कुटम्बकम्" छाप लिये हुए
लज्जानत हो कर
गिर जाएंगी
उनके सिर चढ़-चढ़ कर
कितने दिन बड़े बने रहोगे

मानवता की बातें करते हो
कितना उत्साह दिखा जाते हो
उनको अब पहचानो
मानव          जानो
                मानो
आँको विश्वास की नयी छवि
उन आँखों में
जिनमें अविश्वास और भय
अब तक छाया है

## आधुनिक अभिमन्यु

टूटा पहिया ईंधन अच्छा बन सकता है
जिससे जगन्नाथजी का प्रसाद पक जाये,
पंक्ति-पंक्ति में भक्तों का समूह छक जाये।
चक्रव्यूह का युद्ध आज यदि ठन सकता है,
तो अभिमन्यु आज जन-बल से तन सकता है।
विपुल अपरपोषी मेघाडम्बर ढक जाये
उसका तेज असम्भव है। चाहे बक जाये,
कुछ भी। उसके रक्त से न रज सन सकता है।

व्यूह-विधाता स्वयं व्यूह में फँस जायेंगे;
उनका रचा कुहासा, पाकर समय, कट चला।
गड्ढा नव जीवन-प्रवाह से स्वयं पट चला,
अब मनुष्य अपने-अपने पथ से आयेंगे
एक लक्ष्य पर; सबके सुख में सुख पायेंगे
गैसों का आतंक मेघ के तुल्य छट चला।

## तुम्हें जब मैंने देखा

पहले पहल तुम्हें जब मैंने देखा
सोचा था
इससे पहले ही
सबसे पहले
क्यों न तुम्हीं को देखा

अब तक
दृष्टि खोजती क्या थी
कौन रूप क्या रंग
देखने को उड़ती थी
ज्योति-पंख पर
तुम्हीं बताओ
मेरे सुन्दर
अहे चराचर सुन्दरता की सीमा रेखा।

## परिचय की गाँठ

यों ही कुछ मुसकाकर तुमने
परिचय की यह गाँठ लगा दी
था पथ पर मैं भूला भूला
फूल उपेक्षित कोई फूला
जाने कौन लहर थी उस दिन
तुमने अपनी याद जगा दी

कभी कभी यों हो जाता है
गीत कहीं कोई गाता है
गूंज किसी उर में उठतो है
तुमने वही धार उमगा दी

जड़ता है जीवन की पीड़ा
निस्तरंग पाषाणी क्रीड़ा
तुमने अनजाने वह पीड़ा
छवि के शर से दूर भगा दो

## कर्म पथ

दूज का है चाँद, तम मेरा करेगा क्या

राह मैं चलता रहूँगा,
ठोकरें सहता रहूँगा,
गिर पड़ूँगा, फिर उठूँगा,
और फिर चलता रहूँगा;
ठोकरों से, हार से, कोई डरेगा क्या

रात है, तारे खिले हैं,
मूक ये साथी मिले हैं,
पथ अलक्षित हो भले ही,
पाँव तो इससे हिले हैं;
राह, राही, देख, घर अपना भरेगा क्या

साथ चाँदी है, न सोना,
कर्म के ही बीज बोना,
खेत काया है, बना है,
और यह अवसर न खोना;
हाथ बाँधे यह लहर कोई तरेगा क्या

## याचना

चिर सरल स्नेह, हो जाय चूक, तो नीरव मुझे क्षमा कर दो ।

दुर्बल हूँ, यह तो छिपा नहीं,
दुर्भाग्य भरे इस जीवन पर
तुमने कब-कब की कृपा नहीं,
उर के स्पन्दन में एक-एक मुसकान तुम्हारी गूँज रही;
उन मुसकानों की एक लहर इन सूनी आँखों में भर दो !

प्राणों की पीड़ा में खोया,
चलता हूँ विपन्न धरातल पर,
जैसे बिलकुल सोया सोया;
स्वप्न के जलद पर इन्द्र-धनुष कल्पना-किरण है पूर रही;
जीवन के शतदल को अपनी आभा में खिलने का वर दो !

पथ की पृथ्वी पर कमी कहाँ,
कुछ इधर चले, कुछ उधर चले,
पथ ही पथ तो है यहाँ वहाँ,
पर्वत-अरण्य में, सागर में, वसुधा जिसके पद पूज रही;
पथ-निर्माता उस यात्री को ऋतु के पल-पल के नव स्वर दो !

## मन : रथ

वाचस्पति जी, पिछला वर्ष ध्यान से देखा
एक एक दिन। ऐसा कुछ भी हाथ न आया
जिसे दिखाकर लोगों से कहते—यह लेखा
इसी वर्ष का है, अपना है, मैंने पाया।
अब जो वर्ष सामने है—सतहत्तर कह लो,
मन का काम मनन करना है, जो भी चाहे
इस धारा में बह ले, भाई, तुम भी बह लो,
जिसे थाह लेनी है, डुबकी मारे थाहे।
इच्छाएँ ही अपनी साथ रहा करती हैं,
नाना रूप रंग, जब आती हैं, लाती हैं,
जरा देर के लिए अभावों को भरती हैं,
साँस-साँस से मिला-मिला कर सुर गाती हैं।

अगर मनोरथ रथ हों तो पथ का पछतावा
नहीं रहेगा। सच्चा होगा सबका दावा।

## कर्तव्य

वाचस्पति जी, हम हैं नहीं वनस्पति। होते
कहीं अगर तो वह भी कितना अच्छा होता,
फिर आहार-विहार का कभी भार न ढोते,
केवल वसुधा का ही बन्धन सच्चा होता।
हम मनुष्य हैं तो हमको बंधन पर बंधन
बाँध रहे हैं, सोते-जगते, एकाकी भी
हो जाने पर छूट नहीं है, जग के बंधन
दुर्निवार हैं; इसे जानता है तन, जी भी
तो मनुष्य रह कर मनुष्यता की ही रचना
आओ हम तुम करें। अन्य जन क्या करते हैं
इसे अन्य जन जानें। हर फसाद से बचना
हाथों का है काम—वही करना करते हैं।

यदि मनुष्य हैं हम तो इस पर क्यों झुंझलाएँ
हम अच्छे मनुष्य ही दिन-दिन होते जाएँ।

## साथ ही साथ

प्रिय साही जी,
        शुभ कामना आपकी मुझको
अभी मिली है, जहाँ व्यक्त है        नए वर्ष की
रम्य कल्पना। किंतु कल्पनाओं से किसको
तोष हुआ यदि छवि दीखी ही नहीं हर्ष की।
हर्ष, शांति, आनंद कौन है जिसे न प्रिय हो,
इसे ढूँढते हुए लोग टकरा जाते हैं
एक दूसरे से, संघर्षों में सक्रिय हो
मारू राग सङ्घटित हो होकर गाते हैं
क्या विनाश से भी सम्भव होती है रचना,
आखिर क्यों विनाश-साधक उद्योग बढ़े हैं।
रक्षा के नाम पर। असम्भव है क्या बचना
शांति मार्ग से। हमने कैसे पाठ पढ़े हैं।

साही जी, मेरा सुख बिलकुल अलग नहीं है
मेरा दिन भी औरों के ही साथ कहीं है।

## शान्ति सबको

शांति, शांति तो अच्छी है, यह केवल मेरे
और आपके घर में बद नहीं रहने की,
यह पथ्वी पर फैले देश-देश को घेरे
तो सार्थक है, ज्यादा बात नहीं कहने को।
मानवता का प्राय: नाम लिया जाता है
कोई कहता नहीं कि यह मानव के अंदर
रहती है; जग में व्यापार किया जाता है
और संधियों में होती है मैत्री सस्वर।
देश-देश के अधिकारी जो चाहें कर दें
उन पर रोक कहाँ है, शक्ति चाहिए जितनी
उतनी है, वे चाहें तो गूँगों को स्वर दें,
भाग्य विश्व का अभी करवटें लेगा कितनी।
शुभकामना आपकी मुझको बल देती है,
और जिन्दगी यह—यह तो घर की खेती है।

## आत्मीय गगन

प्रिय शाही जी,     नये साल की नई वधाई
परिचित स्वर की, काशी जाकर शम्भुनाथ के
अक्षर लेकर मेरे पास यहाँ तक आई
आए याद दिवस वे अपने साथ साथ के।
हम जीवन की हरी डाल पर झूल रहे हैं,
हवा झुलाए जाती है, आत्मीय गगन है;
कभी कचट होती है क्या क्या भूल रहे हैं,
क्या क्या अभी याद है, अब किस ओर लगन है।
फिर क्या होगा, जो कुछ होगा यदि हम उसको
अपने मन का रंगरूप दे पाएँ तब तो
अपना होना भी कुछ है, लेपन से भुस को
क्या होना है—सभी जानते हैं यह सब तो,
जो हम नहीं कह सके, उसको आँखें, साँसें
सुना जाएँगी, चाहे सुनने वाले खाँसें।

## कवि का स्वर

जो हम नहीं, नहीं हम, क्या उस पर पछताएँ,
पछताते ही जायँ, हमारा यह पछताना
क्या कुछ देगा, अच्छा होगा जो भी आएँ
वे जाएँ तो उनके ओठों पर हो गाना।
गाना—जहाँ मशीनें गरज रही हों—कैसा,
तो भी स्वर के तीन रूप हैं—जैसा भाए
कोई लेता जाय, सुयोग और है ऐसा—
कोई कुछ भी न ले—तमाशा देखे, जाए।
हम बजने वाले बाजे हैं कोई छेड़े—
स्वर निकलेगा और न छेड़े तो भी स्वर का
चढ़ना-गिरना नहीं रुकेगा, भय से भेड़े,
तो भेड़े किवाड़ कोई भी अपने घर का।
हाथ बढ़ाता हूँ—आखिर क्यों हो संकोचन—
यही हमारे स्वर हैं, स्नेहाधीन—त्रिलोचन

## अपने स्वर अपने गान

प्रिय दिनेश शर्मा, जीवन बहता रहता है
अपनी ही लहरों में; वे लहरें ठहरा लें
किसी तरह; आधार मिले उसको गहरा लें,
काई है क्या, मेरा मन कहता रहता है।
यदि संकल्प कल्पना का ही आल जाल है
तो संकल्प नहीं है, यह संकल्प प्राण को
प्राणित करता है, ध्वनि देता है विषाण को
जिससे भुवन व्याप्त होकर इतना विशाल है।
हम क्या सदा रहेंगे, कोई भी नहीं रहा
तो रहने का मोह क्यों रहे, इस सराय से
चलना है तो इसे स्वच्छ छोड़ें उपाय से,
और लोग भी आएँगे। जो सहा हो सहा
हम ने, वही हमारा है, अब जो आएँगे
वे अपने स्वर में अपने गाने गाएँगे।

## प्रेरणा

मेरी कविता कल मुसहर के यहाँ गई थी
मैं भी उसके साथ गया था जो कुछ देखा
लिखा हुआ है मेरे मन में जब घर लौटा
तब मुझसे नाराज़ हुए जो बड़े लोग थे
उनकी वह नाराज़ी मैं चुपचाप पी गया
वे समझे मैं समझदार हूँ इसी राह से
चला करूँगा जिस पर सब चलते आए हैं
पर मुझको उसकी कुटिया ने और बुलाया
पाँव दबाकर अबकी उसके यहाँ मैं गया
टीहुर की बातें कानों पी असी साल का
जाड़ा बरसा घाम खा चुकी थी वह वाणी
अब केवल साँसें थीं अब केवल वाणी थी
अब केवल वह कुटिया थी जिसमें बैठा था।

## बढ़ाकर देखना

अभी मित्र कह गया कि तुम अपने अभाव को
बढ़ा चढ़ाकर देखा करते हो, मनमारे
बैठे रहते हो, या तो बात के सहारे
दिन को उड़ा दिया करते हो, इस स्वभाव को
अगर नहीं बदलोगे तो पछताना होगा
आज नहीं तो कल, मैं सोच रहा मन ही मन
कितनी सच्चाई है इन बातों में, जीवन
कच्चा धागा है सँभाल से इसको भोगा
जा सकता है, अधिक दिनों तक और काम भी
अधिक किया जा सकता है लेकिन जो अपना
घेरा तोड़ नहीं पाया है उसका सपना
काल लहर में डूब जायगा और नाम भी।
कवि हो तो अपने ही भीतर रहो न डूबे
डूब गए जो, सबसे वे, सब उनसे ऊबे।

## मुझे याद मत रखना

मुझे याद रखना—यह पद जब मन में आया
तब दूसरी लहर ने टोका मुझे किसलिए
कोई याद रखे, क्या अपनी अंकित छाया
बिम्ब याद करता है। हम इतिहास इसलिए
देख लिया करते हैं जिससे कहाँ क्या हुआ,
जान सकें, राहों के जंगल में अपनी भी
कोई राह तलाश कर सकें और सब दुआ
सबके लिए करें। सुख पाए जग तो जी भी।
अब तक के संघर्ष अर्थ भी क्या देते हैं
लेकिन जब वे वर्तमान थे तब जो महिमा
थी अब आज कहाँ है। हम जब तब लेते हैं
उनके छायाचित्र, देख पाते हैं लघिमा।
यही विनय मेरी है, मुझे याद मत रखना,
अपने किए सँजोए का संचित फल चखना।

## तीन कुंडलियाँ

(1)

छोड़ा है सरकार ने गेहूँ का व्यापार
हुआ मंडियों में शुरू व्यापारी त्यौहार
व्यापारी त्यौहार लगा है तुलने गल्ला
दर्शक डाँडी देख चकित है अल्ला-अल्ला
फखरुद्दीन अली अहमद को यह थोड़ा है
बातों के घोड़े को संसद में छोड़ा है

(2)

कब क्या से क्या कर गया छोटा सा गुजरात
आसन दिल्ली के हिले कटी बात से बात
कटी बात से बात रात चढ़ती ही आई
संघर्षों की धारा ने सरकार बहाई
चिंतक गहरा सोच सँभाले डूबे हैं अब
कहाँ उभरना है क्या जाने क्या होगा कब

(3)

हुआ उपद्रव हो गया बिलकुल और बिहार
अब दिल्लो किस कण्ठ में पहनाएगी हार
पहनाएगी हार गर्व से इतराएगो
अथवा कुण्ठा ही कुण्ठा में पितराएगी
संघर्षों के चलते देखो क्या है सम्भव
अभी क्या कहा जाए इस तरह हुआ उपद्रव

## बिना मिले लौटने की राह में

विजेन्द्र
विजेन्द्र
विजेन्द्र

मेरी आवाज़
तीन बार ठहर ठहर कर
उठी
और अब आगे
देखता हूँ
बंद द्वार
जैसे का तैसा है
आहट कोई नहीं

हाथ एक बार को
किवाड़ ज़रा छूकर
हट जाता है

पाँव लौट चलते हैं
मार्ग अनसुना लम्बा स्वर होकर
कहता है
बड़ी जल्दी आ गए

कूट करने वालों को
समझ चिन्हा देती है

और
जो झेलता है

8 बजे प्रातःकाल
कोई किसी भले आदमी के घर
नहीं जाता
मैं क्यों बनारस से
कौड़ियान जा पहुँचा
इस प्रकार

सम्भव है, विजेन्द्र और उषा किसी बात पर
आपस में उलझे हों
बच्चियाँ चुप हैं
माँजी लेटी होंगी
बर्तन रसोई में बोलते हैं
उषा बोलती नहीं
सोचती हो शायद
ऐसा क्यों          हो जाया करता है
ऐसे में

बेक़सूर   किवाड़ों को पीटना
सिटकिनी बजाना
अच्छी बात नहीं

मैं तो कवि से मिलने-गया था
जो अब गृहस्थ है

यदि मिलकर हो आता
तो उषा कविता से
और अधिक चिढ़ जाती
वैसे हँसकर कहती
बड़ा आनन्द आया

घर में कविताएँ
क्या कभी काम आती हैं
क्या इनसे दाल छौंक सकते हैं
हल्दी का काम
क्या इनसे चल सकता है

आखिर कवि आदमी क्यों नहीं होते
किसलिए चढ़ाते हैं अपने को
औरों के सिर
कोई चाहे या न चाहे

नहीं
नहीं

यह भी हो सकता है
कवि विजेन्द्र
कविता ले बैठे हों
पूरा परिवार फिर तो जानता है
ऐसे समय चुप रहना

यह मकान ऐसे ही–
आज चुप नहीं रहा
औरों के लिए

अक्सर दरवाज़ों की बाहें
खोल दिया करता है
अन्दर कर लेता है

यह
मैं भी जानता हूँ
रास्ते के कदम ने हिलाया सिर
और कहा        चौं उलटे जात हो
ब्रजभाषा पर मैं बलिहारी हूँ

धोरे कदम के गया
उसे छुआ
साँसों ने मेरा कहा

एक दिना नहिं एक दिना
कबहूँ दिन वे दिन फेर फिरैंगे

जी में संकोच लिये
मार्ग फिर पकड़ लिया
भरतपुर अच्छा खासा पुर है
सोमनाथ देखते तो
पहचान न पाते
और भरतपुर भी
उनको न पहचानता
आज का भरतपुर
राजबहादुर को जानता है
कवि विजेन्द्र को नहीं
प्रोफेसर विजेन्द्र को
छात्रों के अलावा
कुछ और लोग जानते हैं

कवि विजेन्द्र
भरतपुर बाढ़ में डूबा था
जनता सरकारी वक्तव्यों की छाया में
छिपी थी
सड़ता हुआ पानी था, कीचड़ था, कागज़ की गन्ध थी
और तुम कहाँ थे
मैंने अखबारों में
तुम्हारे संत्रास को देखा था
देखा था    देखा था    और लाचार था

क्यों
हम लाचार ऐसे हो जाया करते हैं
क्यों कुछ भी नहीं करते
आओ, इस प्रगतिवाद को छोड़ें
कविता की बात करें
मानवता अपनी चिन्ता करे अपने आप
नंगी सुन्दरता की चर्चा ही
आज का
सत्य है
मिलने से क्या मिलता

आखिर हिसाब तो
देना ही पड़ेगा कहीं
कोई माँगे या न माँगे

विपदाओं से घिरी
तुम्हारी मुसकान को
शायद मैं इकहरी समझ जाता
केवल अपने लिए

उसका अर्पण
किसी अकेले का क्यों होता

कवि,
किसी विपदा पर
धाड़ मार कर रोना
कविता भी नहीं है
कविता तो होना है
खोना नहीं
यदि हम हैं
तो कम हैं कब

बातें ही बातें हैं

बातों को धरकर
यदि नया रूप पाते हैं प्राणी
तो यह भली बात है
और सबकी बात है

अच्छा,
शेष मिलने पर।

## जीवन का रस

बच्चे की मुसकान
और उसकी किलकारी
तब जी को रस देती है
जब सिर से चिंता का
बोझ उतार कहीं रख दें।

## अनुबंध

उषा आज जैसी है
कल से कहीं मधुर है
और आज से कल की ऊषा
मोहक और मनोहर होगी
लेकिन यह तब
जब हम अपनी आँखों से
उसको देखेंगे ।

## अस्वस्थ होने पर

मित्रों से बात करना अच्छा है
और यदि मुँह से बात ही न निकले तो
उतनी देर साथ रहना अच्छा है
जितनी देर मित्रों को
यह चुप्पी न खले।

# शान्ति पर्व

**वे घर आ रहे हैं**

**तथा**

**अन्य काव्य रूपक**

## वे घर आ रहे हैं

आज वे संगीन कन्धों पर रखे घर आ रहे हैं

हिन्द जी भर देख तेरे पुत्र ये घर लौट आये
जान की बाज़ी लगाकर ये तुझे सम्मान लाये
उग्र अत्याचार से लोहा लिया डटकर इन्होंने
वैरियों के और अपने रक्त में निर्भय नहाये
आफ्रिका, एशिया, योरप आज जिनको जानता है
वे बहादुर लाल तेरे ले विजय घर आ रहे हैं
आज वे संगीन कन्धों पर रखे घर आ रहे हैं

आह, तू क्या जानता है, कब इन्होंने क्या किया है
इन ग़रीबों ने गुलामों ने, किसे कब क्या दिया है
तू नहीं आज़ाद लेकिन आज इनकी वीरता से
हो चुका आज़ाद इटली, फ्रांस औ' इथियोपिया है
आज जिनके प्राण की तेरी पताका उड़ रही है
वे सिपाही लाल तेरे लौट कर घर आ रहे हैं
आज वे संगीद कन्धों पर रखे घर आ रहे हैं

मुक्ति का आनन्द क्या है, ये न उसको जानते हैं
बोल हिन्दुस्तान की जय युद्ध करना जानते हैं

दंग होकर देखते ही रह गये इनको विदेशी
किस तरह ये मुक्ति का सन्मान करना जानते हैं
पूछ तो तेरे लिए ये कौन-सी सौग़ात लाये
आज ये योद्धा प्रवासी हर्ष से घर आ रहे हैं
आज वे संगीन कन्धों पर रखे घर आ रहे हैं

क्या न इनके प्राण में उस मुक्ति की झंकार आई
लाल सेना की न क्या ललकार दी इनको सुनाई
ग्रीस, यूगोस्लाविया, इटली, निपीड़ित फ्रांस के क्या–
कोटि कण्ठों की न दी ललकार वह इनको सुनाई
अह नहीं, ये सब समझकर देख सुनकर आज आये
प्राण से, मन से, हृदय से ये वही दुहरा रहे हैं
आज वे संगीन कन्धों पर रखे घर आ रहे हैं

ये समझ आये गुलामी-सा नहीं है पाप कोई
ये समझ आये, नहीं इससे अधिक सन्ताप कोई
ये समझ आये गुलामी हर तरह इन्सानियत के
सब गुणों को ख़त्म कर देती न रखती छाप कोई
सर झुकाये सोचते, कैसे लड़ें इस राक्षसी से
आज वे बाँके लड़ाके इसलिए घर आ रहे हैं
आज वे संगीन कन्धों पर रखे घर आ रहे हैं

जानते हैं ये कि पूंजीवाद के उपहार क्या हैं
और पूंजीपति अभीप्सित विश्व के बाज़ार क्या हैं
गृद्धनेत्रों से कहाँ साम्राज्य क्या क्या देखता है
कर रहा शव विश्व-जीवन और अत्याचार क्या हैं
मुक्ति के बनकर सिपाही शूर अपराजेय तेरे
एक निश्चय और अभिलाषा लिये घर आ रहे हैं
आज वे संगीन कन्धों पर रखे घर आ रहे हैं

सत्य है, ये लोग पैसों के लिए लड़ने गये थे
सत्य है, ये वीर अपनी भूख से लड़ने गये थे
सत्य है, इनको न था उत्साह जाकर युद्ध करते
ये वहाँ बंगालवाली मौत से लड़ने गये थे
किन्तु पैसों की नहीं झंकार ही सुनते रहे वे
और ख़ाली हाथ उतनी दूर से घर आ रहे हैं
आज वे संगीन कन्धों पर रखे घर आ रहे हैं

जानते हैं ये कि आज़ादी नहीं है चीज़ सस्ती
जानते हैं प्राण देना, प्राण लेना और मस्ती
बात ये सीधी समझते हैं बिना पालिश अगर हो
जानते हैं ये कि मरने पर कहाँ बेखौफ़ हस्ती
देख आये ये स्वतन्त्रों को उमँड़कर युद्ध करते
आज ये आज़ाद होने के लिए घर आ रहे हैं
आज वे संगीन कन्धों पर रखे घर आ रहे हैं

जानते हैं ये कि थैलीशाह धोखेबाज़ होते
एक थैली के लिए वे सहज ही ग़द्दार होते
समझ योरप की कहानी ये सँभलकर आ रहे हैं
सोचते, सुनते, समझते, देखते, तैयार होते
ये मजूर किसान की सन्तान हैं अभिमान उसके
वक्ष में विश्वास की आँधी लिये घर आ रहे हैं
आज वे संगीन 'कन्धों पर रखे घर आ रहे हैं

वीर छापामार कितने साथ थे कन्धा मिलाये
वे किसान, मजूर, बढ़ई सिन्धु जैसे उमँड़ आये
ये नहीं भाषा पकड़ पाये मगर क्या बात, उनकी
दृष्टि की, कर की, चरण की वज्र भाषा बूझ आये
आज वह भाषा मनोहर मौन में इनके समाई

देखने को ये भवन अपना उमँड़ते आ रहे हैं
आज वे संगीन कन्धों पर रखे घर आ रहे हैं

ये समझ आये किसान मजूर में बल क्या भरा है
ये समझ आये किसान मजूर के बल से धरा है
ये समझ आये कि जोंकों को नहीं है काम कोई
हैं मजूर किसान जिनसे विश्व का जीवन हरा है
शक्ति के उद्गम किसान मजूर अपराजेय निश्चय
आज ये उल्लास से उद्दीप्त होकर आ रहे हैं
आज वे संगीन कन्धों पर रखे घर आ रहे हैं

चिट्ठियों में ये कभी लिखते कभी जाकर लिखाते
खेत की, पशु की, तथा घर की सभी ख़बरें मँगाते
पूछते, जैराम पालागन लिखाकर या कि लिखकर
गाँववाले कौन, कैसे हैं, कहाँ हैं, क्या कमाते
मुद्दतों से ये जिन्हें बस देख लेना चाहते थे
अब उन्हीं से भेंट करने के लिए घर आ रहे हैं
आज वे संगीन कन्धों पर रखे घर आ रहे हैं

ये वहाँ आनन्द का क्या एक क्षण भी पा रहे थे
ये वहाँ आहार भी क्या पुष्टिकारक पा रहे थे
ये वहाँ अनजान अपने देश से रक्खे गये थे
ये वहाँ क्या देश के अख़बार पढ़ने पा रहे थे
सत्य, ऐसी ज़िन्दगी से ऊब ये बिलकुल गये थे
वे वही संग्रामजेता देश अपने आ रहे हैं
आज वे संगीन कन्धों पर रखे घर आ रहे हैं

चिट्ठियों से जानते हैं देश में कपड़ा न मिलता
एक पर दस दो, करो विनती कहीं तब एक मिलता

हो गया कन्ट्रौल जितने कर्मचारी, सब दरोगा,
घूस लेते हैं नहीं कोई कहीं फ़रियाद सुनता
है इन्हें नफ़रत, निकम्मी ओफ़, यह सरकार कितनी
आज ये अफ़सोस, गुस्से से भरे घर आ रहे हैं
आज वे संगीन कन्धों पर रखे घर आ रहे हैं

ये महोना भेजते थे किन्तु क्या करते बिचारे
आह, घरवाले महाजन से रहे सब भाँति हारे
डाकखाने जा, उन्हें ले, क़र्ज़ था अपना पटाता
इस तरह इनके मनोरथ हो गये बेकार सारे
बाप-दादे और परदादे कहाँ से क्या, गरे ले
आज भरने के लए कटिबद्ध होकर आ रहे हैं
आज वे संगीन कन्धों पर रखे घर आ रहे हैं

है इन्हें अफ़सोस हिन्दू और मुसलिम मिल न पाये
मिल न पाये तो मधुर उद्योग के फल मिल न पाये
और कब तक यह भला सन्देह का कीड़ा रहेगा
और कब तक यह गुलामी ये अगर दो मिल न पाये
देश में ईप्सित खिलेंगे कमल और गुलाब दोनों
आज ये परदेश से मिलकर बताने आ रहे हैं
आज वे संगीन कन्धों पर रखे घर आ रहे हैं

हाँ अशिक्षित, अर्द्ध शिक्षित हैं अधिक ये किंतु क्या हैं
जानते हैं ये मनुष्य महान् किस कारण हुआ है
ये समाज-प्रविष्ट रोगों से नहीं अनजान हैं अब
जानते हैं ये कि इनके देश इनका काम क्या है
सूर्य है जनता उसे कोई न धोखा दे सकेगा
शत्रु जनता के मिटाने ये चले घर आ रहे हैं
आज वे संगीन कन्धों पर रखे घर आ रहे हैं

मुक्ति के सैनिक इन्हें पहचानती है आज दुनिया
चण्ड इनके बाहुबल को मानती है आज दुनिया
ये अशिक्षित हों, असभ्य गँवार हों जो कुछ समझ लो
देश का प्रतिनिधि इन्हीं को जानती है आज दुनिया
हो चुका निर्णय इन्हीं को देख हिन्दुस्तान यों है
आज ये प्रतिरूप हिन्दुस्तान, तेरे आ रहे हैं
आज वे संगीन कन्धों पर रखे घर आ रहे हैं

क्या न तू स्वागत करेगा आज बढ़कर हिन्द आगे
देखकर सीमान्त तेरा आज जिनके राग जागे
मत समझ साम्राज्यशाही के लिए ये बिक गये हैं
देख आज़ादी इन्होंने भ्रम सकल सोत्साह त्यागे
क्या न तू स्वागत करेगा, आज बढ़कर हिन्द आगे
लाल तेरे बाद मुद्दत देख घर को आ रहे हैं
आज वे संगीन कन्धों पर रखे घर आ रहे हैं

ये थके हैं क्या न इन पर हाथ अपने फेर देगा
रक्त के छींटे पड़े हैं क्या न इनको पोंछ देगा
देख इनके घाव क्या तू शान समझेगा न अपनी
ये कहाँ, कैसे लड़े थे, क्या न इनसे पूछ लेगा
मत समझ इनको पराया ये लड़े अन्यायियों से
और लड़ने के लिए ही देश अपने आ रहे हैं
आज वे संगीन कन्धों पर रखे घर आ रहे हैं

जान सकते हैं न नौकरशाह इनका मान करना
जान सकते हैं न परदेशी उचित अभिमान करना
ये अठारह बीस रुपये मास में पाते रहे हैं
जान सकते हैं न थैलीशाह इनका ध्यान करना
जिस विटप के फूल हैं ये उस बिटप की शान हैं ये

हिन्द, तेरे पास तेरे, वीर बाँके आ रहे हैं
आज वे संगीन कन्धों पर रखे घर आ रहे हैं

मिट गये कितने अनोखे लाल तेरे कौन बूझे
रक्त कितनी पी गयी प्यासी धरा से कौन पूछे
किन्तु अब आज़ाद होने लग गये हैं देश सारे
मर गये जो, जी गये जो, कौन है उनको न पूछे
आज आज़ादी कि जिनके प्राण लेकर जी रही है
ये बहादुर पुत्र तेरे देख ये घर आ रहे हैं
आज वे संगीन कन्धों पर रखे घर आ रहे हैं

## फ्रांस

फ्रांस गिरा था कभी क़िसी दिन,
धूल झाड़कर खड़ा हो गया।

दंग हो गये दुश्मन सारे,
चेहरे का सब रंग उड़ गया;
कभी जहाँ से चढ़ आये थे,
पथ उसका उस ओर मुड़ गया।
बन्दूकों ने और गनों ने
उनको नूतन पाठ पढ़ाया;
उनके तप की सिद्धि उन्हें दी,
अखिल स्वर्ग का राज्य दिखाया।
जिसको मोम समझ बैठे थे,
अटल वज्र-सा खड़ा हो गया।

फ्रांस गिरा था कभी किसी दिन,
धूल झाड़कर खड़ा हो गया।

पराधीन क्या रह सकना है
रूसो को उपजानेवाला ?
जग को जीवन-ज्योति दिखाकर
सत्यासत्य बतानेवाला ?
जनता की ताकत को जिसने

दुनिया में पहले पहचाना;
सर्वोपरि जनता को माना
असली ताकत को पहचाना;
रह न सका हथियार उठाकर
देखो वह फिर खड़ा हो गया।

फ्रांस गिरा था कभी किसी दिन,
धूल झाड़कर खड़ा हो गया।

क्या गुलाम वह रह सकता है
जिसमें कुछ इज्जत बाकी है?
और रगों में खून रवाँ है,
दिल में कुछ हिम्मत बाक़ी है?
जिसको अपनी आन याद है?
जिसको अपनी शान याद है,
जिसको अपनी आजादी का,
तेजस्वी अभिमान याद है?
घाव कहाँ सोने देते हैं,
घायल आख़िर खड़ा हो गया।

फ्रांस गिरा था कभी किसी दिन,
धूल झाड़कर खड़ा हो गया।

वह निकली, वह, पीड़ित जनता
आज़ादी का झंडा ताने;
बन्दी दिल के भाव उबलते,
बम गोलों से चले तराने।
'फ्रांस चिरंजीवी हो।' गूँजा,
महाकाल की बाढ़ चली यह;
ख़ूँ से ज़मीं जगानेवाली
जन-तरंगिणी उमड़ चली यह;

देखें, अब देखें, हत्यारे
महाकाल यह खड़ा हो गया।

फ्रांस गिरा था कभी किसी दिन,
धूल झाड़कर खड़ा हो गया।

देश-द्रोही कहाँ नहीं हैं;
कहाँ नहीं है इनकी माया ?
कौन देश है जहाँ इन्होंने
कभी न हो अन्धेर मचाया ?
पेताँ और लवाल, फ्रांस क्या
भूमण्डल में कहाँ नहीं हैं ?
रँगे निरीह प्रजा के खूं से
हाथ इन्होंने कहाँ नहीं हैं ?
लेकिन अब्र इनके पापों का
बिलकुल पूरा घड़ा हो गया।

फ्रांस गिरा था कभी किसी दिन,
धूल झाड़कर खड़ा हो गया।

फ्रांस पुनः तैयार हो गया,
फिर उसने हथियार उठाये;
फिर से दुश्मन को ललकारा,
और जंग के मजे चखाये।
अब उसके ग़द्दार माँद में
अपनी-अपनी छिपे नहीं हैं,
लक्ष्य नहीं अब चूक सकेगा
सम्मुख हैं वे जहाँ कहीं हैं।
आज़ादी का वीर सिपाही,
शस्त्र उठाकर खड़ा हो गया।

फ्रांस गिरा था कभी किसी दिन,
धूल झाड़कर खड़ा हो गया।

फिर से रण - अभियान तुम्हारा
जन-जन को ललकार रहा है;

जन-जन को विद्युद् बल देकर
रण के लिए पुकार रहा है;

सफल रहे अभियान तुम्हारा,
जनता चिर-स्वतन्त्रता पाये।

स्वार्थ-साधु फिर सँभल न पाये,
स्वप्नों का प्रासाद हमारा
तुम्हें देखकर खड़ा हो गया।

# भूखे भेड़िये

**प्रथम दृश्य**

[रात। नदी का किनारा। दो तरुण।]

एक—वह दिन आ ही गया
युद्ध की बाढ़ रुक गयी
टूट गया दम जापानी साम्राज्यवाद का
समय आ गया स्वयं बुलाने
आज उठें हम

दूसरा—आज उठें हम ?
क्या ले करके
आज उठें हम ?
गया नहीं जापान फ्रांस फिर चढ़ आयेगा
यद्यपि आज फ्रांस निर्बल है
तो भी वह अनाम की ख़ातिर
परम प्रबल है

पंहला—सत्य बात है
और हमारे ऊपर
केवल फ्रांस के बने

गोली-गोले बरसेंगे सो बात नहीं है
उन्हें ब्रिटेन और अमरीका से भी
कानी अँगुली का बल
मिला करेगा
चोर चोर मौसेरे भाई

तो क्या हम चुपचाप रहेंगे ?
जो कुछ होगा मौन सहेंगे ?
मुँह से कुछ भी नहीं कहेंगे ?
सोचो फिर
दुनियावाले क्या हमें कहेंगे ?

दूसरा—आख़िर हम क्या कर सकते हैं ?
क्या केवल बाँहों के बल पर
अगम सिन्धु को तर सकते हैं ?

पहला– हम समुद्र में पड़े हुए हैं
अगर बाँह भी नहीं चलायें
तो कायर से मर सकते हैं
किन्तु मौत कायर की
कोई मौत नहीं है
वह जीवन का तिरस्कार है
और देश के लिए
युद्ध में मर जाना ही
इस जीवन का पुरस्कार है
कई साल हो गये
पड़ोसी चीन हमारा
लाखों सिर दे चुका
रक्त का सागर उमँड़ा
कभी नहीं पर हिम्मत हारा
हम भी तो सिर दे सकते हैं ।

दूसरा—केवल सिर देना ही कोई बात नहीं है
ठहरो, ठण्ढे दिल सें सोचो
इसका क्या कुछ फल निकलेगा

पहला—भाई, केवल पैर न देखो
सम्मुख देखो, पाँव उठाओ
जो कर सकते हो कर जाओ
आज़ादी का पेड़ लगाओ
पेड़ लगानेवाला माली
अपना काम किये जाता है
क्या वह फल को ललचाता है ?
और काम में अलसाता है ?

दूसरा—ज़रा बुद्धि की बात विचारो
जान-बूझकर भाई मेरे
मत ये हाथ आग में डालो
खेल न समझो, आग आग है

पहला—तो क्या है यदि आग आग है
इसी आग से खेल रहे हैं हिन्दुस्तानी
इसी आग से खेल रहे हैं जावावाले
इसी आग में आज खड़े हैं बर्मावाले
इसी आग में मानव सोने-जैसा तपकर
दमक उठेगा
नयी रोशनी छा जायेगी इस धरती पर

[एक आदमी आता है]

आगन्तुक—नयी रोशनी ?
वह देखो,

वह चली आ रही इसी ओर को

[रोशनी। कुछ आदमी। आते लगते हैं।]

पहला—बहुत ठीक है
हम बन्दी थे अन्धकार में
अब वह बन्धन टूट रहा है
स्वर्ण-प्रकाश तरंगें लहराती आती हैं
सब कुछ
सब कुछ दिखलाती हैं
महिबल, अब तुम जाना चाहो
तो बस जाओ
मेरा मार्ग प्रकाशपूर्ण है
मैं न फिरूँगा
तुम जाओ
अपना पथ पाओ

महिबल—दलमणि, मुझको क्यों कहते हो
मैं अब जाऊँ ?
मैं तो कहीं नहीं जाऊँगा
साथ तुम्हारे सदा रहा हूँ
और रहूँगा
जहाँ चलोगे साथ चलूँगा
जो करने के लिए कहोगे
उसे करूँगा
मुझको भी स्वदेश प्यारा है
और यही
मेरी भी आँखों का तारा है
मुझको भी मनुष्यता का
उद्धार इष्ट है

मुझको भी स्वतन्त्रता का
संग्राम इष्ट है

दलमणि—तब तो कोई बात नहीं है
तुम हो भाई बड़े काम के
आज देश अधिकाधिक मस्तक माँग रहा है
हमको ऐसे वीर चाहिए
जिनके प्राण हथेली पर हों
हमको ऐसे वीर चाहिए
जिनका रक्त भूमि को सींचे
जिनका स्वर न कभी सो जाये
जिनका जीवन मिट्टी में सन
फूलों फूलों में लहराये
हमको ऐसे वीर चाहिए

[प्रकाश और साथ के लोग समीप आते हैं।]

आनेवाले—वीर चाहिए ?
हम होकर तैयार आ गये
दिशा दिखाओ
मार्ग बताओ
हम होकर तैयार आ गये

दलमणि—आज स्वप्न की रात नहीं है
आज हमारा मार्ग खुला है
तारे, देखो, देख रहे हैं नीरव भू पर
आज, कि क्या होनेवाला है
ओ अनामियो,
आज तुम्हारा मुक्तिदिवस है
आज तुम्हारी सौ-सौ सालों की हथकड़ियाँ

टूट रही हैं
कदम बढ़ाओ
अपनी जन्मभूमि पर अपना
चिर पवित्र अधिकार जमाओ
क़दम बढ़ाओ
क़दम बढ़ाओ
समय नहीं यह फिर आयेगा
तुम्हें प्रशान्त पुकार रहा है
वे पहाड़ ललकार रहे हैं
उठो, तुम्हारे घाव पुराने
गरज गरज धिक्कार रहे हैं
उठो गरजकर देशवासियो,
आज देश का मान बचाओ
अपनी जय-जयकार वायु की
लहरों में फैलाते जाओ
आज तुम्हारी यह जय-यात्रा
देश-देश की गीति बनेगी
और तुम्हारी चिर स्वतन्त्रता
देश-देश में प्रीति बनेगी
तुम स्वतन्त्रता के सैनिक हो
बोलो
मानवता स्वतंत्र हो
तुम मानवता के दीपक हो
अत्याचार-तिमिर क्षय कर दो
तुम इतिहास छोड़कर बैठे
उठो नये अध्याय बढ़ाओ
क़दम बढ़ाओ
फ्रान्सीसी साम्राज्यवाद को
धूल चटाओ

क़दम बढ़ाओ
क़दम बढ़ाओ

जनता—हम स्वतंत्र हैं
प्रिय स्वतंत्रता
ज़ि न्दा बा द
ज़ि न्दा बा द
प्रिय स्वतंत्रता
ज़ि न्दा बा द
फ्रांसीसी साम्राज्य राक्षसी
मु र्दा बा द
मु र्दा बा द
प्रिय स्वतंत्रता
ज़ि न्दा बा द
ज़ि न्दा बा द

[सब संगठित रूप से मार्च करते जाते हैं।]

### द्वितीय दृश्य

[सात बालक। किशोर वर्ष के सब। एक गा रहा है। शेष दुहरा रहे हैं। प्रभात। सैगान का एक पार्क।]

पलटा भाग्य हमारा
गया अँधेरा
हुआ सवेरा
लाल सुनहला
रतन सवेरा
भेंट रही है जन-जीवन को
यह प्रकाश की धारा
पलटा भाग्य हमारा

वायु प्रभाती
गीत चुराती
बहती जाती
देश जगाती
परिमल हृदय कमल का खुल खुल
फैल रहा है प्यारा
पलटा भाग्य हमारा

[एक फ्रेंच सैनिक आता है]

सैनिक—(गायक को घूरते हुए) इतनी हिम्मत।
हटो यहाँ से
पार्क छोड़ दो
नहीं जानते किसका है यह ?

बालक—जिसका है यह
हम उसके ताऊ बैठे हैं
(सैनिक लाल आँखों से घूरता है)

सब बालक—नहीं हटेंगे
क्या कर लोगे ?
यह अनाम है
फ्रांस नहीं है
अब अनाम वह नहीं रहा
जैसा कि युद्ध के पहले था कुछ
अगर तुम्हें न भला लगता हो
फ्रांस जा बसो

सैनिक—बदतमीज़ कुत्तो,
घमण्ड यह तोड़ न दूं तो…

धूल फाँकनेवाले पिल्लो,
तुम पहले की उसी धूल में
अगर न लोटे तो कहना फिर···

[भारी बूटों के चलने की आवाज़ सुनकर एक ओर देखता हुआ]

ठहरो,
अभी प्रबन्ध तुम्हारा सबका······

[फ्रेंच सैनिक दिखाई देते हैं। उनकी वर्दियाँ फटी-पुरानी हैं। सैनिक और नज़दीक आते हैं। पहला सैनिक अपने कैप्टेन मार्शल पीरी को सैल्यूट देता है।]

मोश्ये,
यह वह पार्क
जहाँ अब सुअर पड़े हैं
जिन्हें सभ्यता से कोई अनुराग नहीं है
जो जापानी फ़ासिस्टों से भी
बर्बर हैं···

मार्शल पीरी—(लड़कों से) तुम सब क्योंकर यहाँ आ गये ?
यह साधारण पार्क नहीं है
इसका तुमको दण्ड मिलेगा

एक बालक—हम स्वतंत्र हैं
अब अनाम वह नहीं रहा है,
जो कि आपके बन्दी होने के पहले था
अब हम लाल-लाल आँखों को·देख-देखकर
हँस देते हैं

हम मनुष्य को जान गये हैं
मानवता पहचान गये हैं

मार्शल पीरी (सैनिकों से)—इनको बन्दी करो
ले चलो
जल्द कोर्ट मार्शल में इनका
न्याय किया जायगा

[सैनिक बढ़ते हैं। सब बालक तलवार खींच लेते हैं।]

एक बालक—हम स्वतंत्र हैं
हमें न कोई
गिरफ़्तार कर सकता यों ही
हम केवल अनाम के
शासन के अधीन हैं
गिरफ़्तार हम कभी न होंगे
युद्ध करेंगे

मार्शल पीरी—(सैनिकों से) बढ़ो !
देखते क्या हो ?
कर लो गिरफ़्तार बस !
नहीं समझते,
ये सब जापानी कुत्ते हैं !
ये अशान्ति-कीटाणु भयंकर.

[युद्ध होता है। दो बालकों की मृत्यु। तीन सिपाही बुरी तरह घायल होकर गिरते हैं। मार्शल पीरी पहले-वाले सैनिक के साथ भागकर जान बचाते हैं। लड़के थोड़ी देर में अपने साथियों का शव लेकर चले जाते हैं।

लड़कों के जाने के बाद ही मार्शल पीरी मिस्टर डगलस, एक ब्रिटिश कमाण्डर के साथ आते हैं। उनके साथ दस और सशस्त्र सैनिक हैं।]

मार्शल पीरी (इधर-उधर देखकर)—चले गये थे !

देख रहा हूँ
इन गिनती के चन्द दिनों में
क्या से क्या संसार हो गया !
मिस्टर डगलस,
विजय हमारी हुई
सत्य है
किन्तु विजय का तेज कहाँ है ?
ये भुनगे भी लोहा लेने निकल पड़े हैं
क्या उपाय है
इन्हें कुचल देने का सत्वर
डर लगता है, कहीं चीन की सेनाएँ ही
बिगड़ न जायँ दमन करने से

मिस्टर डगलस—अजी छोड़िए,

क्या रक्खा है इन बातों में !
चीन कहीं अब उलझ सकेगा ?
सम्भव है कुछ शोर मचा ले
उससे क्या होता जाता है
मेरी भी सेना थोड़ी है
नाममात्र को
हाँ, बस, यों ही
एक बात कीजिए
कि जापानी सेनापति से भी मिलकर
आशा देकर
कुमक लीजिए

मैं भी चलता हूँ
प्रबन्ध के लिए साथ में
देखें आगे क्या होता है

मार्शल पीरी—बस, बस,
यही उपाय ठीक है
जापानी यदि मान गये तो
क़ाम बन गया

मिस्टर डगलस—मान जायँगे क्यों न ?
उन्हें हानि ही कौन है ?
हाँ, हम लोग चलें क्यों ?
उनको यहीं बुलावें
विजयी होकर पराजितों के द्वार
याचना करने जाना
ठीक नहीं है

मार्शल पीरी : हाँ, हाँ, जाना ठीक नहीं है
दूत भेज देना अच्छा है
ले आयेगा

[मिस्टर डगलस एक सैनिक को समझाकर एक पत्र के साथ भेजते हैं। मार्शल पीरी और मिस्टर डगलस अगल बगल बिना बोले कुछ देर चहलक़दमी करते रहते हैं। थोड़ी देर में जापानी कमाण्डर कुजुकी सैनिक के साथ आते हैं और आते ही सैल्यूट करते हैं। मिस्टर डगलस उससे मन्द स्वर में बात करते हैं। कुजुकी सुनते हुए ऊपर-नीचे सिर हिलाते आते हैं। मार्शल पीरी कभी क्षितिज कभी आकाश की ओर यों ही शून्य भाव से नज़र दौड़ाने लगते हैं।]

मिस्टर डगलस (ऊँचे स्वर में) अच्छी बात !
मुझे तो पहले से यक़ीन था
आप स्वयं तैयार मिलेंगे

कुजुकी : बैठे से बेगार भली; मशहूर बात है
इसमें तो अपने मन का भी समाधान है
इससे अच्छा और मनोरंजन
क्या होगा
सैनिक को संग्राम या कि सुन्दरी चाहिए

मार्शल पीरी : मिस्टर कुजुकी, आप एक सभ्यतम व्यक्ति हैं
मुझे आपसे मिलकर कितनी खुशी हुई है
यह कहना अत्यन्त कठिन है

मिस्टर डगलस : (कुजुकी से) मुझे भरोसा है कि सभ्यता
की रक्षा में
और बाद में पुनर्व्यवस्था के उद्यम में
आप हर तरह से हमसे सहयोग करेंगे

कुजुकी (मुस्कराते हुए) मुझे नहीं इसमें कोई आपत्ति
दीखती
मुझे सभ्यता संस्कृति से अत्यन्त प्रेम है
यदि सहायता कर पाया मैं बात तभी है
[परस्पर अभिवादन करके सब बिदा होते हैं।]

### तृतीय दृश्य

[सैगान नगर का चौक। अर्द्धनग्न पुरुषों की और स्त्रियों-बालकों की अपार भीड़। भीड़ के ऊपर राष्ट्रीय पताका लहरा रही है। नारों से रह-रहकर आकाश दहलता है। दलमणि ध्वनिप्रसारक में भाषण कर रहा है।]

दलमणि : आज हमारे ऊपर
वह संकट छाया है
जैसा कभी नहीं आया था
और आज ही वह सुवर्ण अवसर आया है
जैसा कभी नहीं आया था
आज देश की दलित पताका
आसमान में (उँगली से दिखाता है)
लहराती है
इसे देखकर
आज हमारी छाती
गज़भर हो आती है
वह भूकम्प उठा
कि हमारी छाती पर जो चढ़े हुए थे
लुढ़क गये अविचल पहाड़ वे.
हम जो अब तक
धूलि धूसरित पड़े हुए थे
खड़े हो गये

सुनो, प्रशान्त तरंगित होकर
आज नये सन्देश सुनाता
नयी तरंगों से अनाम का
प्रति प्रभात में
अभिनन्दन करने है आता
स्वतन्त्रता का द्वार खुला है
आज हमारे लिए
और हम
धरे हाथ पर हाथ
नहीं अब बैठ सकेंगे
बैठ गये तो हमें

प्रतीक्षा और सभ्यता के ही
वही पुराने प्याले
जहरीले
फिर दिये जायेंगे
जिसे हमारे पूर्वज पीकर
बिदा हो गये
मिला नहीं कुछ
इसका अन्त हमें करना है

तरुण अनाम आज बिल्कुल तैयार खड़ा है
क्या है यदि हथियार नहीं हैं
धीरज सबसे बड़ा शस्त्र है
इस पर भी अनाम के
बाँके वीर गुरीले
लड़कर जापानी सेना से
शस्त्र निरन्तर लिये आ रहे

एक बात का ध्यान साथियो,
जो जैसा व्यवहार तुम्हारे लिए करे, बस
वैसा ही व्यवहार तुम्हें भी
करना होगा
हम स्वतन्त्रता के निमित्त तैयार हुए हैं
इसी वस्तु के लिए
ब्रिटेन और अमरीका युद्ध-लिप्त हैं
ऐसी बात कही जाती है
यदि यह बात सत्य है तब तो
ये अनाम स्वातंत्र्य-युद्ध में
किन्हीं कारणों से न सहायक अगर हो सके
तो तटस्थ ही बने रहेंगे
यही बहुत है

फ्रांसीसी हत्यारों को हम समझा देंगे
कि तुम कौन हो ?
क्या करते हो ?
इनसे हमें निपट लेना है
सम्भव ही है नहीं
हवा का रुख ऐसा है
कि जॉनबुल भी फ्रांसीसी हत्यारों के ही मित्र रहेंगे
हत्यारों के स्वार्थ समान हुआ करते हैं

पता चला है
हमें कुचल देने को सत्वर
ये जापानी सेना का भी
बिना झिझक उपयोग करेंगे
दुनियाँ भर में
गला फाड़कर चिल्लायेंगे
हम जिनका ख़ूं बहा रहे हैं
वे सब जापानी पिट्ठू हैं
जापानी उनको हथियार दिया करते हैं
और उन्हीं का खड़ा किया
यह हो हल्ला है

हमें सँभलकर अपने क़दम
उठाने होंगे

युद्ध आज अनिवार्य तथ्य है
तरुण तरुणियाँ
आगे आयें
शस्त्र उठायें
इस अनाम को
हमें रक्त अपना देना है

स्वस्थ रक्त पीकर जीवन की नयी लताएँ
खिल जायेंगी
विश्व सुरभि से भर जायेगा
दुनिया भर से हमको युद्ध नहीं करना है
दुनिया भर में मित्र हमारे पड़े हुए हैं
नहीं शत्रुओं से डरना है
चीन
हमारा सबसे बढ़कर आज मित्र है
कारण हैं,
जिनसे तटस्थ वह बना रहेगा
किन्तु हमारी प्रगति देखकर
उसको परमानन्द मिलेगा
उसका यह आनन्द हमें विद्युत-बल देगा
क्या है ?……

[कोलाहल। एक आदमी वक्ता के पास जाता है। थोड़ी देर सन्नाटा। वक्ता उस आदमी से, जो सैनिक वेश में है, कुछ देर कानों में बात सुनता है। आगन्तुक का प्रस्थान। वक्ता कहता है।]

नागरिको, नागरिकाओ,
उत्सव फिर होगा
तुम लोगों ने जिस पौधे को
बड़ी-बड़ी आशाएँ लेकर रोप दिया है
उसको अभी सींचना होगा
तभी पल्लवित-पुष्पित होगा
उसकी सुरभित छाया में
हम कभी मिलेंगे
अभी हमें

दो पैरों के सफ़ेद चौपायों से
उसकी रक्षा करनी है
बिदा !

[वक्ता एक ओर से आता है। उपस्थिति भी छँटने लगती है। नारों से रह-रहकर आकाश गूँजता है। गुरखा पलटन की एक टुकड़ी आती दिखाई देती है। कुछ स्त्रियाँ, बच्चे और बूढ़े ही रह गये। वे भी जाने की तैयारी में हैं। एक गुरखा सैनिक जनता की ओर बन्दूक दागता है। उसकी गोली से एक बूढ़ा चीखकर धरती पर लोट जाता है। साथ का बच्चा उसे हाथ पकड़कर उठाना चाहता है।]

बच्चा—बाबा, बाबा,
यहाँ न लेटो
कितनी गन्दी है
नाली यह !
चलो चलें घर

एक स्त्री—बच्चे,
मेरे साथ चलो अब
बाबा बहुत थके हैं
उनको नींद आ गयी है
सोने दो

बच्चा—नहीं नहीं
मैं बिना उठाये
नहीं हटूँगा
कितनी गन्दी है
ज़मीन यह

[गुरखा सिपाही अपने निशाने की सफलता देखने आता है। स्त्री अलग हट जाती है। वह बूढ़े पर झुकता है। फिर खड़ा होता है। बच्चे की ओर देखता है। उसके गले में एक सोने की जंजीर है। गुरखा बच्चे के गले की ओर हाथ बढ़ाता है। बच्चा उसके ऊपर घबराहट की दृष्टि डालता हुआ पीछे हटता है। गुरखा आगे बढ़कर जंजीर पकड़ लेता है। बच्चा भी जंजीर को पकड़ लेता है। गुरखा उसे रुद्रमुद्रा से घूरता और धमकाता है। फिर वह खुखड़ी निकालकर उसकी नोंक बच्चे के पेट से छुआता है। बच्चा भय से पेट खलाता है। फिर भी जंजीर नहीं छोड़ता। गुरखा उसे झकझोरकर धमकाता है। फिर खुखड़ी उसकी छाती के पास ले जाता है। उसकी निर्बलता और निष्फल हठ पर अट्टहास करता है। दूसरे क्षण धक्का देकर बच्चे को पटक देता है। बच्चा चिल्लाता है। स्त्री आती है। वह जंजीर निकालकर एक ओर फेंक देती है।]

स्त्री—(बच्चे से) जाने दो
डाकू है
लेकर चला जायगा
चलो घर चलें

[बच्चा बूढ़े की ओर उँगली दिखाकर अपनी लाचारी प्रकट करता है।]

स्त्री—(हाथ पकड़कर खींचती हुई) मैं कहती हूँ
चलो
उन्हें बस सो लेने दो
उन्हें जगा दोगे
तो वे बिगड़ेंगे तुम पर

बच्चा—मेरे बाबा नहीं बिगड़ते।
स्त्री—लेकिन आज बहुत बिगड़ेंगे !
बच्चा—क्यों ?
स्त्री—मुझसे कहते थे ऐसा
बच्चा—ऐसा है तो चलो चलें फिर
बाबा से मैं कहाँ मिलूँगा ?
उन्हें तुम्हारा घर मालूम है ?
स्त्री—हाँ, मालूम है
चलो

[जाते हैं। गुरखा सैनिक इधर-उधर देखता है। एक ओर शोरगुल सुनाई देता है। उसी ओर को वह भी बढ़ जाता है। दस-बारह फ्रेंच सैनिक आते हैं। साथ में वही स्त्री और बच्चा है ! स्त्री के शरीर में कई गहरे घाव लगे हैं, जिनसे रक्त बह रहा है। कपड़े लोहू-लुहान हैं। बच्चे की आँखों में आँसू नहीं हैं। उसके आगे के दाँत टूट गये हैं। खून बहकर छाती तक जम गया है।]

एक सैनिक—(अपने साथियों से) सुनो साथियो,
गश्त आज बेकार रही है
केवल कुछ घर गये जलाये
केवल कुछ पागल कुत्तों को मौत मिल गयी
जो आज़ादी के नारे को भौंक रहे थे
ओह, अभी सैगान खड़ा है
धाँय-धाँय सारा पुर जलता तो सुख होता
पकड़-पकड़ झोंकते आग में इन कुत्तों को
कोई नहीं निकलने पाता
सभी मौत के एक घाट पहुँचाये जाते

या लपटों से या गोली से
तब सन्तुष्ट हृदय यह होता
इन्हें नहीं आज़ादी
केवल मौत चाहिए
कुत्तों की सी मौत चाहिए

दूसरा सैनिक—हम क्या करें
अनामी ये ऐसे हैं
जैसे साँप
दिखाई दिये, खो गये

तीसरा सैनिक—आज एक यह पोया
अपने आप मिला है

चौथा सैनिक—शीघ्र, इसे संगीनों पर हम
यहाँ उछालें
इसी खेल से
हम थकान अपनी हर डालें

पहला सैनिक—(संगीन की नोंक लड़के की पीठ में भोंकता और निकालता है। लड़का चीखकर गिर जाता है)
हिप हिप हुर्रे !
हिप हिप हुर्रे !
यही ठीक है

[सब ऐसा ही करने लगते हैं। लड़का चीख़ता है। कुछ देर में बेहोश हो जाता है। स्त्री शून्यदृष्टि से कभी इधर कभी उधर देखती है। वह पीड़ा को अनुभूति से विक्षिप्तप्राय है। लड़का थोड़ी देर में मांस-खण्ड बनकर बिखर जाता है। सैनिक औरत के सिर के लम्बे

बालों को झटका देकर उखाड़ना शुरू करते हैं। स्त्री चीख़ती है और हाथ जोड़ती है। सैनिक उस पर कोई ध्यान नहीं देते। गोली चलने की आवाज़। एक सैनिक गिरता है। एक और सैनिक, आवाज़ जिधर से आयी उधर देखता है। सैनिक औरत को छोड़कर गलीवाले मकान की ओर बढ़ते हैं जहाँ से गोली आयी थी। बीच में एक और सैनिक गिरता है। चौथा आगे न बढ़कर पीछे लौटता है। उसे एक अर्द्ध नग्न अनामी मिलता है, जो फुर्ती से दौड़कर उसके कलेजे में कटार भोंक देता है।]

कटारवाला—(स्त्री को देखकर) अरे, तू यहाँ ?
रक्तकुण्ड में
कैसे आयी ?
यह सब क्या है ?
ये कपड़े कैसे रंग डाले ?

[स्त्री चुपचाप रहती है। शून्यदृष्टि से कभी बूढ़े के शव को कभी मांस-खण्डों को देखती है। कटारवाला पास आकर उसे देखता है और सब समझता है। इसी समय कुछ ब्रिटिश सैनिक आते दिखाई देते हैं। कटार-वाला स्त्री का हाथ पकड़कर झटका देता है और एक ओर भागने का संकेत करके भागता है। स्त्री वह जगह नहीं छोड़ती। ब्रिटिश सैनिक उसके पास आते हैं और गरजते हुए कई प्रश्न करते हैं, जिनका कोई उत्तर नहीं मिलता। कुछ देर आपस में बड़बड़ाकर उसे बन्दूक के कुन्दों से मारना शुरू करते हैं। स्त्री चीख़ती है और शाप देती है। भाषा समझ में न आने से सैनिकों का क्रोध और भड़कता है और वे उसे घायल करके आगे बढ़ते हैं। गोलियों की आवाज़ और दो सैनिक भूमि सूंघने लगते हैं। शेष किनारे के मकानों पर भय से

निगाह डालते हैं। इसी समय अनामी छापामारों की एक
भीड़ उन्हें घेरकर बन्दी कर लेती है।]

एक छापामार—ओह, हमारा देश रक्त में डूब गया है
इन मनुष्यभक्षी सफ़ेद शैतानों को
सन्तोष नहीं है
इतने पर भी

दूसरा छापामार—यही नहीं
हिन्दुस्तानी भी रक्त हमारा
पान कर रहे

तीसरा छापामार—नहीं-नहीं
वे हिन्दुस्तानी कभी नहीं हैं
जो कि गोलियों से हम सबको
भून रहे हैं
वे टुकड़े खानेवाले
सामान्य जन्तु हैं
हिन्दुस्तानी
वे हिन्दुस्तानी
स्वतंत्रता के निमित्त जो
आज लड़ रहे हैं
खुलकर साम्राज्यवाद से
सदा हमारे मित्र रहे हैं
और रहेंगे
इन्हें ध्यान में भी मत लाओ
इन्हें मौत के घर पहुँचाओ
ऐं? यह क्या?
कोलाहल कैसा?

[कुछ लोग शीघ्रता से आते हैं और शान्ति की स्थापना के लिए प्रयत्न करते हैं। धीरे-धीरे शान्ति छा जाती है और एक अच्छी-ख़ासी सभा जम जाती है। एक आदमी भाषण करने के लिए खड़ा होता है।]

वक्ता—प्रिय स्वतंत्रता
ज़िन्दा बाद
प्रिय स्वतंत्रता
ज़िन्दा बाद

[जनता दुहराती है।]

हमने अपनी नाव
खोल दी है इस तूफ़ानी सागर में
अब लहरों के बिना थपेड़े झेले
कोई राह नहीं है
आज परीक्षा देनी होगी
बल की साहस की उद्यम की
ये भूखे भेड़िये
हमें क्या सहज छोड़कर चले जायँगे
और कहाँ पर उनको इतना रक्त मिलेगा मांस मिलेगा
वे तो कुछ भी नहीं चाहते
उन्हें शान्ति स्थापित करनी है
लोकतंत्र की परम्परा पालन करनी है
वह परम्परा हम लोगों के
रक्तकुण्ड में स्नान करेगी
और नहीं तो स्वार्थ-अन्ध उनकी मनुष्यता का
सम्भव है कल्याण कभी ?
यह चर्चिल की नहीं
जिरो की नहीं

एटली की ट्रूमन की औ' दिगाल की
शान्ति-व्यवस्था की माया है
और सहायक उन्हें
मिला जापान सरीखा
वही अभी जो कल तक
मनुष्यता का प्रबल शत्रु घोषित था !

हम लोगों ने जो कुछ भी बलिदान किया है
वह केवल प्रारम्भ किया है
अभी अनेक दिवस आयेंगे
जिसमें हमको अपना सब कुछ
कर देना बलिदान पड़ेगा

आज हमें यह प्रण लेना है
फ्रांसीसी साम्राज्यवाद की जड़ उखाड़कर
हम दम लेंगे
हम अपने जीवन की धारा को
इच्छित पथ दान करेंगे
कोई भी अवरोध
न हमको रोक सकेगा

अपने-अपने घाव निरन्तर रहो उघाड़े
बूढ़ों, बच्चों और स्त्रियों के हत्यारों को
कभी भूलकर क्षमा मत करो

वे हैं साथी, मित्र, सहायक
सदा हमारे
जो इस स्वतंत्रता-संगर में
मनसा वाचा पास हमारे
जो सम्मुख आ रहे हमारे

निश्चय वे चिर शत्रु हमारे
उनको यह समझा देना है
अब अनाम असहाय नहीं है
अब हम अपनी
स्वयं व्यवस्था कर सकते हैं
और करेंगे
नहीं अन्य को सहन करेंगे
प्रिय स्वतंत्रता
ज़ि न्दा बा द
प्रिय स्वतंत्रता
ज़ि न्दा बा द
फ्रांसीसी साम्राज्य राक्षसी
मु र्दा बा द
मु र्दा बा द
[सब उठकर राष्ट्रीय झण्डे का अभिवादन करते हैं।]

**पटाक्षेप**

# शैतान और इनसान

## एक

[समय—संध्या के बाद

स्थान—एथेंस में सड़क के किनारे एक मध्यवर्गीय गृहस्थ के घर का एक कमरा।

कमरे की खिड़की खुली है। वहाँ से सड़क का एक-एक दृश्य दिखाई देता है। सड़क के पार एक विशाल पार्क है। कमरे में बिजली का प्रकाश है। एक तरुण और तरुणी दम्पती बैठे हैं। स्वस्थ। मुख पर आनन्द की दीप्ति।]

तरुण : वे दुर्दिन के मेघ
प्रलय लेकर जो आये
आज नहीं हैं
फूंक मारकर
हमने उनको उड़ा दिया है
हमने अपने प्राणों का पौरुष देखा है
देखा है
हम जिस धरती पर बढ़े
खड़े हैं

जमे रहेंगे
आँधी तूफानों से
कभी नहीं उखड़ेंगे

तरुणी : सुनो,
जान पड़ता है
उद्वेलित जन-सागर
बढ़ा आ रहा

[दोनों मौन और सतर्क ध्यान करते हैं। थोड़ी देर में राष्ट्रगीत की कड़ियाँ स्पष्ट हो जाती हैं।]

अजर अमर है देश हमारा
जिसने सबका मार्ग बनाया
जीवन का कर्त्तव्य सिखाया
युग-युग की बहु बाधाओं में
जिसने अपना लक्ष्य बनाया
जिसने पथ पर बढ़ते-बढ़ते
महाकाल तक को ललकारा
अजर-अमर है देश हमारा

जिसने मानवता को पाला
नया अमृत प्राणों में डाला
नयी-नयी विजयों ने जिसको
सदा समर्पित की जयमाला
हम जिसके जीवन के कारण
जो हमको प्राणों से प्यारा
अजर अमर है देश हमारा

[जन समूह राष्ट्रीय ध्वजा के साथ लाल झण्डे को भी लिये आकाशमण्डल को नारों से गुंजायमान करता हुआ बढ़ रहा है। राष्ट्रीय ध्वजा को संकेत कर स्त्री कहती है।]

स्त्री : इसे देखती हूँ तो जी भर-भर आता है
लगता है
वे क्रन्दनपूरित दिन
फिर आये
मुझे डिमिट्री के अन्तिम क्षण
नहीं भूलते

पुरुष : कैसे, कहो भूल सकते हैं
चप्पा-चप्पा ग्रीस धरा पर
बलि लाखों हो गये डिमिट्री
कि ईं
लाल देश की माताओं के
बहिनें माताएँ
समान सब

स्त्री : देखा है
जो नहीं देख पायी
वह सब
सोद्वेग सुना है
वे मनुष्य की सूरत में
पूरे राक्षस थे
नागरिकों पर
उनके अत्याचार
अकारण
नहीं भूलते

पुरुष : लेकिन
अब हम वर्तमान की ओर
निहारें
उसे सँवारें
अत्याचार
उठा था जैसे
बिला भी गया

[एक गुरीला खुले दरवाज़े से आता है। यह स्त्री का का भाई है। दोनों ही उसे देखकर हर्षित होते हैं। वह आते ही उत्तम पुरुष का कार्य करने लगता है।]

गुरीला : नहीं-नहीं
मत समझो
अत्याचार मिट गया
फ़ैसिस्टों से और
नाज़ियों से ही
हमको मुक्ति मिली है
अभी हमें
ब्रिटेन के हूणों से भी
अपनी मुक्ति के लिए
अपरिसीम बलि देनी होगी

स्त्री : क्या कहते हो ?
क्या ब्रिटेन से भी
करना संग्राम पड़ेगा ?

मित्र है न वह ?

गुरीला : मित्र ?
शेर क्या कभी

गाय का मित्र
हुआ है ?
कभी मित्र था
तब तक
जब तक उसे काम था

पुरुष : क्या कहते हो ?
उसे काम था ?

गुरीला : उसे काम था
उसे नाज़ियों से बढ़कर लोहा लेना था
इसीलिए वह
हम लोगों का मित्र बना था
और आज की बात और है
बदल गयी है हवा यहाँ की
सारी जनता जाग गयी है
वह अपने अधिकारों को
लेनेवाली है
यह चर्चिल की आँखों में
चुभ रहा शूल-सा
उसको पापेन्द्रू से
प्यार उमँड़ आया है
पापेन्द्रू वह
जो कि नाज़ियों के कर में
हथियार बना था

पुरुष : तो क्या वे अब
पापेन्द्रू का पक्ष
ग्रहण करनेवाले हैं ?

गुरीला : अब तो
यह प्रत्यक्ष सत्य है
उन्हें ग्रीस में है अपना व्यापार बढ़ाना
स्वार्थ साधना
यह जनता से कभी नहीं
कार्यान्वित होगा
इसीलिए अब वे जनता को दबा रहे हैं
और ग्रीस की जनसेना को
अत्याचारी बता रहे हैं

स्त्री : यह तो बहुत बुरा है
उनका हस्तक्षेप
हमें असह्य है
ओह,
पसीना सूख न पाया
नयी दौड़ फिर

गुरीला : बहन,
तुम्हें मालूम नहीं है
आज बदल कुछ नहीं गये वे
वही पुराने हत्यारे हैं
इनकी हत्याओं का लोहू
बहता जग की गली-गली में
इनके अत्याचार
नाज़ियों से भी ऊपर
गूँज रहे हैं
क्षुद्र रह गये इनके आगे
बड़े-बड़े वे अत्याचारी
जो दुनिया से लुप्त हो चुके

पुरुष : ठहरो
हमको इन लोगों से
लड़ने का कुछ अर्थ नहीं है
सम्भव हो तो
हम अपने ही घरवालों को
समझा लें
फिर—

गुरीला : इनकी समझ बिक गई कब की
पहले हिटलर के साथी थे
अब ये चर्चिल के शस्त्रों पर
फूल उठे हैं
इनको अपने सुख के सम्मुख
जनता के दुख नहीं दीखते
ऐं ?

[एक सैनिक आता है। यह गृहपति का भाई है।]

सैनिक : गजब हो गया
ई० डी० ई० एस० शस्त्र रखा लेने पर
हमसे तुला हुआ है
कई जगह टक्करें हुई हैं
कितने ही बलिदान हो चुके

गुरीला : ठीक।
अभी प्रारम्भ हुआ है
इतने पर भी स्तब्ध न बैठो

स्त्री : ई. डी. ई. एस. की यह जुर्रत।
ये उलूक भी चले सूर्य से

आँख मिलाने
इतनी हिम्मत !

गुरीला : उनमें भला कहाँ हिम्मत है
यह ब्रिटेन के लोकतन्त्र की
है यथार्थता
चर्चिल को जनता का विक्रम
नहीं सुहाता
उसे ग्रीस की
स्वतन्त्रता
बरदाश्त नहीं है
हो भी कैसे ?
स्वतन्त्रता का और शांति का
जन्मशत्रु वह !

पुरुष : अभी ग्रीस को
स्वतन्त्रता का मूल्य
अनन्त चुकाना ही है
अपनी ही सन्तानों के
शोणित से सिंचित
ग्रीस-भूमि यह
हरी भरी स्वच्छन्द सुखी
चिरकाल रहेगी
दुनिया के सातों सागर में
निर्भय सदा विचरनेवाले
इन हत्यारे घड़ियालों को
मानवता क्या भूल सकेगी ?
पियें रक्त ये,
हमें प्राण का मोह नहीं है

सैनिक : जीवन की रक्षा में
जीवन का बलिदान किया जाता है
प्राणों का पुरुषार्थ यही है
अहा, आ गये तुम भी

[एक किशोर बालक प्रवेश करता है। सब उसकी ओर देखते हैं।]

स्त्री : पिथियस,
तुम कैसे इतने गंभीर आज हो ?
क्या कुछ नयी खबर लाये हो ?

पिथियस : नयी खबर क्या बहिन
पुरानी नयी हो रही
आज हमारे पाँच साथियों के सिर
धड़ से अलग
मिले हैं
और हमारा झण्डा
उनके तरुण रुधिर से रँगा
पड़ा था

गुरीला : कौन हमारे वीर साथियों के
जीवन से खेल रहा है ?
कौन पी रहा उनका लोहू
जो स्वदेश के लिए लड़े थे ?
मुसोलिनी हिटलर के
टैंकों के सम्मुख डटे रहे जो
कौन मांस-लोभी
उनकी
हत्या करता है ?

क्या वह
मानव मानवता का मित्र
किसी क्षण
हो सकता है ?

सैनिक : शस्त्र उठाओ
जा कोई भी
सम्मुख आये
उसको अपना बल दिखलाओ
शस्त्र उठाओ

पुरुष : बिना बलि दिये
अभी अपरिमित
वह स्वतन्त्रता नहीं मिलेगी
जिसके लिए
अभी तक हमने
अपरिसंख्य उत्सर्ग
किये हैं
उठा,
युद्ध में अपनी बलि दो

[पार्क से गूँज उठती है स्वतन्त्रता की, जन-अधिकारों की और रक्तपात बन्द करने की। ये लोग भी उधर ही के लिए प्रस्थित होते हैं।]

## दो

[एक वक्ता भाषण कर रहा है।]

वक्ता : मातृभूमि की स्वतन्त्रता पर
निज सर्वस्व चढ़ानेवालो,

आज कहा जाता है तुमसे
तुम अपने हथियार डाल दो
जिनसे तुमने स्वतन्त्रता की शान बढ़ाई
वे पैने हथियार डाल दो
तुमसे ऐसा कहनेवाले
भला कौन हैं ?
इसका कभी विचार किया है ?
ई. डी. ई. एस. के वे कायर
जो हिटलर के अस्त्र
और ग्रीस के काल थे
यह कहते हैं
आज ग्रीस की मिट्टी में
हर एक चरण पर—
असहायों का और
देश भक्तों का लोहू
इतनी करतूतों को
सुनो
पुकार रहा है
क्या तुम इनकी बात सुनोगे ?
इनके मन की बात करोगे ?

जन स्वर : नहीं नहीं
यह कभी न होगा

वक्ता : ग्रीस देश के रक्त,
ये तुम्हें विप्लवकारी
बता रहे हैं
तुम्हें शांति का शत्रु
आज घोषित करते हैं
ये जो शांति चाहते हैं

वह शांति
तुम्हारी शांति नहीं है
ये तुमको
तुम जिस मिट्टी से जीवन लेकर
खिले
उसी में दफना देंगे
इन्हें तुम्हारी खुशी
कभी बरदाश्त नहीं है
बोलो,
यह हो जाने दोगे !

जन स्वर : हम इसका प्रतिरोध करेंगे
ऐसा कभी न होने देंगे

वक्ता : हमने अब तक
निष्क्रिय रहकर
कितना अत्याचार सहा है
एक-एक क्षण ग्रीस-धरा का
चिल्लाता है
हम पर कितना रक्त बहा है
हमने बहुत गुलामी का
है ज़हर पी लिया
अब हम नहीं गुलाम रहेंगे
कोई भी हो
कैसा भी हो
अब हम नहीं दबाव सहेंगे
ई. डी. ई. एस.
किसी अन्य पोल की ढोल है
इसके पीछे किसी अन्य

सत्ताशाही के शस्त्र छिपे हैं
तुम सब भी अनजान नहीं हो
क्या प्रकाश क्या अंधकार है
सर्वविदित है
तुम वीरो नादान नहीं हो
क्या तुम शांत
धौंस सह लोगे ?
उत्तर उन्हें नहीं कुछ दोगे ?

जन स्वर : हम न और बर्दाश्त करेंगे
प्राण चढ़ा प्रतिकार करेंगे

वक्ता : वीरो,
अभी युद्ध की कोई बात नहीं है
अभी हमें अपना विरोध
दिखला देना है
कल प्रभात
हम एक जलूस निकालें अपना
और दिखा दें उन विरोध करनेवालों को
कि हम तुम्हारी घुड़की सुनकर
नहीं झुकेंगे
नहीं रुकेंगे
किसी वणिक् के हाथों की
हम तुला न होंगे
तूल न होंगे
हम पहाड़ से अटल रहेंगे
हम अपनी मनुष्यता को उन्मुक्त करेंगे
उसका नव निर्माण करेंगे

[राष्ट्रीय और स्वतन्त्रता की गर्जनाओं से आकाश गूंज जाता है। सभा धीरे-धीरे विसर्जित होती है।]

## तीन

[एक बृहत्तर जुलूस। बालक, नर, नारी। राष्ट्रीय और लाल झण्डे से जनसमूह समावृत है। जनता अपने नारों से विरोधियों का दिल दहलाये दे रही है।]

एक आवाज : हम न रुकेंगे
बढ़ेंगे
हम न रुकेंगे

समवेत स्वर : हम न रुकेंगे
बढ़ेंगे
हम न रुकेंगे

पहली आवाज : गोलियों की बाढ़ पर
शत्रु की दहाड़ पर
और अपने साथियों की
लाश के पहाड़ पर
हम न झुकेंगे
लड़ेंगे
हम न झुकेंगे

समवेत स्वर : हम न झुकेंगे
लड़ेंगे
हम न झुकेंगे।

[ब्रिटिश सशस्त्र घुड़सवार सामने से आते हैं। उनका कैप्टेन जुलूस को लौटने की आज्ञा देता है। जुलूस नहीं लौटता। लोग आगे बढ़ते हैं।]

गूंज : हम न रुकेंगे
बढ़ेंगे
हम न रुकेंगे

[साथ ही साथ और भी अनेक नारों की प्रतिध्वनि शत्रुओं को प्रकम्पित करती है। कैप्टेन गोली चलाने की धमकी देता है। लोग ठिठकते हैं। एक वृद्धा एक तरुण के हाथ से राष्ट्रीय झंडा छीनकर आगे बढ़ती है। कैप्टेन आदेश देता है—फायर। वृद्धा कई और यूनानियों के साथ गिरती है।

एक बालक वृद्धा के हाथ का झंडा लेकर 'ग्रीस जिन्दाबाद !' की गर्जना करता हुआ आगे बढ़ता है। गोलियों की दूसरी बाढ़ चलती है। इसी प्रकार तीसरी चौथी, पाँचवीं…और फिर आगे और पीछे दोनों ओर से अनेक। इस कत्लेआम को अंजाम देकर ब्रिटिश सैनिक चले जाते हैं। जुलूस का शेषांश घटनास्थल पर आता है। घायलों और मृतकों को स्थानांतरित करके वहाँ एक सभा व्यवस्थित होती है। एक वक्ता उठकर उपस्थितों को सम्बोधित करता है।]

वक्ता : वीर साथियो,
देख रहे हो इस पृथ्वी को ?
क्या यह पानी से भीगी है ?
आज ग्रीस की मनुष्यता का रक्त
यहाँ पर गया बहाया
आज ग्रीस की स्वतन्त्रता पर
यह असह्य आघात हुआ है
आज नहीं केवल इलास का
ग्रीस देश का

यह असह्य अपमान हुआ है
यह अपमान
कभी क्या हम सब
भूल सकेंगे ?

जन स्वर : कभी नहीं
ये दाग़ अमिट हैं
याद रहेंगे

वक्ता : आज खुशी होगी कितनी
खूनी चर्चिल को ?
सोच रहा होगा वह
हम सब भेड़ बन गये
बाधा कोई नहीं रही
उसकी पूँजी को
और स्वार्थ को
उसको क्या मालूम कि
जो यह आग लगी है
कभी नहीं बुझनेवाली है
इनकी लपटों में
उसका साम्राज्य
शीघ्र ही जल जायेगा
मानवता स्वतन्त्र होगी ही

और हमें अब
आस्तीन में पलनेवाले इन साँपों को
हरगिज़ नहीं छोड़ना होगा
वरना ये देश के द्रव्य पर
नाग बनेंगे
जन जीवन के काल बनेंगे

युद्ध हमारा अभी नहीं है
इन पुतलों से
ये पुतले क्या युद्ध करेंगे

हमको उन शिकारियों को
अन्धा करना है
जो टट्टी की ओट छिपे हैं
स्वतन्त्रता के जन्मशत्रु है
याद रहे सर्वदा
नीर यह नहीं बहा है
ग्रीस देश के जीवन का यह खून बहा है
खून हमें ललकार रहा है
हमको सदा पुकार रहा है
स्वतन्त्रता के लिए
रक्त दो
बढ़ो
रक्त दो

[जनता स्वतन्त्रता, मनुष्यता और जन-अधिकारों की शपथ लेकर अपने ललकार-भरे नारों से आकाश गुँजा देती है।]

पटाक्षेप

□□□